Julia Schoch
Selbstporträt mit Bonaparte

Julia Schoch

Selbstporträt mit Bonaparte

Roman

Piper München Zürich

Mehr über unsere Autoren und Bücher:
www.piper.de

Von Julia Schoch liegen im Piper Verlag außerdem vor:

Verabredungen mit Mattok
Der Körper des Salamanders
Mit der Geschwindigkeit des Sommers

ISBN 978-3-492-05547-5
© Piper Verlag GmbH, München 2012
Gesetzt aus der Bembo
Satz: Satz für Satz. Barbara Reischmann, Leutkirch
Druck und Bindung: CPI – Clausen & Bosse, Leck
Printed in Germany

Für Edgar & Zelda

»Aber die Zeit vergeht,
und was passiert eigentlich?«

Steve McQueen zu Astrid Heeren in
Thomas Crown ist nicht zu fassen

Und dann, in jener langen Sekunde, wenn die Kugel noch unterwegs ist, wenn sie sich noch nicht entschieden hat für eine Zahl, ist alle Zeit ausgelöscht. Keine Zukunft, keine Vergangenheit. Für diesen einen Moment kann man beruhigt sein, die Welt, sie wartet noch.

In welch sonderbarer Zeit spielt das, was ich erzähle?

Sechshundertachtundachtzig. Wie mir auf meine Nachfrage am Empfangstresen des Kasinos von P. mitgeteilt wurde, war ich sechshundertachtundachtzig Mal dort zu Gast. Eine gigantische Zahl, kommt es mir rückblickend vor. Riesenhaft, beherrschend, eine Zahl jedenfalls, die mich zutiefst erstaunt. Dabei müsste ich es wissen: Immer wieder finde ich alte Eintrittskarten – in Mantel- und Hosentaschen, ausrangierten Portemonnaies oder Schachteln, zwischen Papieren auf meinem Arbeitstisch oder als Lesezeichen in Büchern. Dass ich sie finde, ist kein Zufall. Ich kann sie nicht wegwerfen. Ich hänge an ihnen. Schon in frühester

Zeit ist es mir unmöglich gewesen, mich von Nichtigkeiten zu trennen: Unfähig, den übrig gebliebenen Stumpf eines Apfels aus einem fahrenden Auto zu werfen, einen Kaugummi wegzuspucken oder ein paar ausgekämmte Haare in einem Zugabteil zurückzulassen, zog ich jedes Mal das Unverständnis meiner entnervten Mitmenschen auf mich. Wo sie bloß Reste oder Kleinkram sahen, empfand ich eine regelrechte Qual bei der Trennung von allem, was eben noch *ganz und gar zu mir gehört* hatte.

In diesem Fall allerdings, im Fall der Kasino-Eintrittskarten, habe ich seit Längerem tatsächlich den Eindruck, in ihnen offenbart sich meine wirkliche Existenz. Zumindest zeugen sie von einer Stetigkeit, wie sie in meinem sonstigen Leben nicht vorkommt. Es stimmt zwar, dass auf Wochen und Monate, in denen ich Abend für Abend am Roulettetisch stand, immer eine Zeit folgte, in der ich überhaupt nicht ins Kasino ging, aber das spielt keine Rolle. Denn selbst wenn ich *draußen* blieb, blieb ich doch in der Nähe. Womöglich faszinierte mich der Geist des Spiels während dieser Zeit sogar noch mehr ..., sodass es also durchaus den Tatsachen entspricht, wenn ich behaupte, dass es nie wirklich aus meinem Leben verschwunden war.

Aber was heißt: *mein* Leben? Und was heißt: *ich*? Habe ich mich, sobald das Gespräch zufällig aufs Roulette und meine Leidenschaft dafür kam, nicht immer beeilt zu betonen, ich würde nicht allein spielen? Ein Hinweis, der ebenfalls der Wahrheit entspricht. Allerdings habe ich ihn immer so vorgebracht, dass das Wesentliche dem Zuhörer entgehen musste, ja in den meisten Fällen vermutlich geradezu entgegengesetzt aufgefasst worden ist – nämlich als ein Einwand. So als könnte ich das Spielen irgendwie und gegen jede Logik kleiner machen, das Ganze abschwächen, wenn ich betonte, ich würde es zu zweit tun. Was man zu zweit tut, kann nicht dem Wahnsinn angehören. Noch nicht oder wenigstens nicht ganz. Vermutlich war diese Abschwächung aber nur meinem Unwillen geschuldet, überhaupt davon zu sprechen (was etwas anderes ist, als es bewusst zu verschweigen), was mir anfangs sogar gelungen ist. In dem Maße, wie die Besuche im Kasino für mich zu einer Normalität geworden sind, habe ich allmählich locker gelassen in dieser Hinsicht, auch weil für mich außerhalb des Roulettes oft gar nichts des Erzählens wert scheint, ja mir jedes andere Thema so gut wie immer an der Hauptsache vorbei erzählt vorkommt ... Weshalb dann also trotzdem immer wieder der Versuch, die erstaunten oder interessierten Nachfragen irgendwelcher Zuhörer zu dämpfen, ausgerechnet mit dem kleinen Zusatz: *zu zweit*, der doch nur als Halbherzigkeit, als ein Ausweichen ins Unverbindliche ausgelegt werden konnte? Wo doch immer das Gegenteil der Fall war.

Das Gegenteil der Fall *ist*.

Auf den ersten Blick könnte man die Eintrittskarten für eine Art Tagebuch halten. Immerhin ließe sich an ihnen ablesen, wo ich mich an dem betreffenden Tag aufgehalten, womit ich mich befasst habe. Aber die kleinen roten Kärtchen mit dem Datum und der Art des jeweiligen Eintritts darauf (Glückspaket oder Tageskarte) bilden nur scheinbar den Faden einer Erzählung. Selbst wenn ich auf jedem die Einzelheiten des Abends notiert hätte – es ist vollkommen gleichgültig, wann und ob ich das Kasino mit einem Gewinn oder Verlust wieder verlassen habe. In Wahrheit gleichen sie insgesamt und in ihrer ungeheuren Menge einem Beweis. Dem Beweis für eine Art *rückwärtiger Existenz*, einer Existenz also, auf die es *tatsächlich* ankommt. (Genau wie in Büchern gerade die Stellen, an denen der Autor Bekenntnisse abgibt und sich scheinbar offenbart, oft die unwesentlichsten sind und es in Wirklichkeit fast immer auf die ankommt, die man als erfundene Zutaten überliest.) Wo herkömmliche Biografien den üblichen Werdegang eines Menschen präsentieren (Geburt, Kindheit,

Schulgang, Wohnorte, Liebes- und Arbeitsbeziehungen), enthielte eine rückwärtige Biografie das scheinbar Nebensächliche, eine schnell zu übersehende, aber beständige Manie. Der verführerischen Vorstellung einer Leiter des beruflichen und persönlichen Vorankommens würde sie das ewig Gleiche eines Menschen gegenüberstellen, jene Seite, auf der andere Gesetze gelten. So ließe sich mein Leben zum Beispiel leicht ohne die Leidenschaft fürs Roulette erzählen – dann käme Bonaparte vermutlich an keiner Stelle vor. Wohingegen auf der Rückseite dieser Lebenserzählung von nichts anderem die Rede sein kann.

Bonaparte ist weg.

Seit einem oder hundert Tagen. Zum ersten oder hundertsten Mal haben sich unsere Wege getrennt. Während ich die Zahl der Kasinobesuche genau kenne, habe ich die Abwesenheiten, Bonapartes oder meine, die Längen, Tage und Wochen unseres Getrenntseins nie gezählt. Äußerlich betrachtet, ist mein Leben in diesen Zeiten immer verlaufen wie sonst auch: Wenn ich nicht selbst unterwegs war, habe ich mich mit Fotografen oder Malern getroffen, für deren Ausstellungen oder Kataloge ich Texte verfasse, habe ich einen Film im Kino gesehen oder meinen gemütskranken Vater besucht. Allerdings bekommen diese Handlungen auf diese

Weise eine Bedeutsamkeit, die unangemessen ist. Anstatt ein Vorspiel zu sein, bilden sie plötzlich das Zentrum der Tage, die, obwohl gefüllt, auf nichts hinauslaufen. Jede Tätigkeit in Wirklichkeit ein Herumzappeln, nur dazu da, die Zeit auszufüllen, bis wir uns wiedersehen. Oder wiederhören.

Soweit ich mich erinnere, haben seine Anrufe immer Erschrecken und Freude bei mir ausgelöst. In dieser Reihenfolge. Dabei bin ich jedes Mal aus den Gedanken *an ihn* hochgeschreckt, kommt es mir vor. Vielleicht liegt es an seiner Angewohnheit, sich auch nach Jahren noch mit seinem vollständigen Namen zu melden, dieser Art, sich zu räuspern und seinen Namen zu nennen, als sei er mit irgendeinem Amt zur Klärung eines Sachverhalts verbunden. Als wolle er mir mitteilen, dass seine Liebe zu mir nun endgültig, ein für alle Mal erloschen sei. Befürchtungen, die sich natürlich als haltlos erweisen, da es genauso seine Art ist, zwei Minuten nach dem Anruf mit einem Päckchen Tee oder einer Flasche Martini bei mir aufzutauchen, nach Tagen, Wochen, Jahrhunderten der Abwesenheit plötzlich die Türen aufzureißen und übergangslos, jedenfalls ohne großartiges Wiedersehenszeremoniell, *da zu sein* …

Keiner fällt heute mehr aus der Welt. Weggehen heißt Wiederkommen.

Sätze, die aus meinem Kopf stammen. Aber da wir nie darüber gesprochen haben, ist es gut möglich, dass für Bonaparte eine andere Zeitrechnung gilt, dass er seine Abwesenheit nicht als Zwischenzeit betrachtet, nie betrachtet hat. Genauso wie es möglich ist, dass sich seine Biografie für ihn nicht in eine Vorder- und Rückseite aufklappen lässt. Und selbst wenn sie es täte, wäre es vermutlich nicht sicher, zu welcher der beiden Seiten ich gehöre.

Als Bonaparte zum ersten Mal in meinem Schaukelstuhl saß, fiel sein Blick auf die kleine Trittleiter, die vor meinem Bücherregal stand. Offenbar schien ihm dieser Verwendungszweck vollkommen unverständlich, denn er sprang sofort auf und stellte sie vor das Dachfenster, von dem aus man auf ein kleines Eisengitter gelangt. Im Falle eines Brandes soll die Feuerwehr dort andocken. Bonaparte hatte darauf bestanden, dass die Leiter dort stehen bleibt, und wir waren beide aufs Dach gestiegen. Ich habe sie tatsächlich dort gelassen. Manchmal klettere ich hinaus und lehne wie an der Reling eines sehr hohen Schiffes. Auf dem Gitter nebenan liegt der Hund des Nachbarn, ein großer schwarzer Pudel, vielleicht auch ein Schnauzermischling. Er ist alt und so gut wie taub. Der Nachbar lässt ihn dort, weil er einen furchtbaren Geruch verströmt, wie er sagt. Sein Anblick stimmt mich traurig, was aber vor allem daran liegt, dass er Nord heißt.

Obwohl man von hier oben außer einem Bahndamm nichts Besonderes sieht, glaube ich, dass mir an dieser Reling zum ersten Mal die Idee gekommen ist, über mich und Bonaparte zu schreiben.

Schon lange, vielleicht aber auch erst, seitdem er länger als gewöhnlich fort ist, frage ich mich, ob es wichtig ist, wo und wie etwas seinen Anfang nimmt. Ist es zum Beispiel von Bedeutung, dass meine Liebe zu ihm mit dem neuen Jahrtausend begonnen hat, mit dem, was damals alle Welt feierte wie eine niemals wiederkehrende Chance auf Erlösung? Um ehrlich zu sein, erinnere ich mich nur deshalb an das Jahr, weil ich kurz zuvor meine Stelle an der Universität aufgegeben hatte, um mich ganz dem Schreiben zu widmen, was die meisten Menschen um mich herum als kompletten Wahnsinn, zumindest als unvernünftig bezeichneten. Aber diese Entscheidung hat nichts zu tun mit Bonaparte, den ich zudem auch nicht auf irgendeinem Silvesterball kennengelernt habe, sondern im Mai, als der Gedanke an den Jahrhundertwechsel, diese letzte Hoffnung auf Veränderung in Friedenszeiten, längst schon wieder vergessen war.

Und auch was das Roulette angeht, bin ich nicht sicher, ob es hilft zu wissen, dass die Anfänge sich in eine gänzlich andere Zeit zurückverfolgen lassen. Nützt es etwas, dass ich an dieser Stelle sagen könnte: Ich bin mit dem Roulette groß geworden? Einem Spielzeugroulette, wie es auch heute in manchen Kinderzimmern zu finden ist: ein Plastikkessel, ein mit Zahlen bedrucktes Gummituch (ja, Gummi!) und eine Menge grellbunter Jetons. Nur so viel: Abgesehen davon, dass die Kugel anders als beim wirklichen Roulette in dem Plastikkessel laut scheppernd herumschlug, weswegen sich das Spiel in der vorgeschriebenen Ruhe der Samstage und Sonntage ohnehin nie benutzen ließ, hat mich vor allem die Vorstellung fasziniert, die sich mit dem Spiel verband. Roulette – das war der Inbegriff einer gänzlich anderen Welt, und alles, was gänzlich anders war als mein Leben in einer verschlafenen Kleinstadt am äußersten Rand eines verriegelten Landes, war verheißungsvoll. Wenn ich in ausländischen Filmen Menschen im Kasino sah, wurde ich sehnsüchtig. Dabei interessierte mich der Reichtum nur am Rande. Dass der tolpatschige Held einer französischen Komödie achtlos einen Berg Jetons auf dem Spieltisch vor sich ablegt, worauf sogleich die Stimme des Croupiers ertönt: *Sie haben gewonnen, Monsieur!*, gehörte vielleicht mit zu dieser Sehnsucht. Das Wesentliche jedoch lag weiter weg, im Hintergrund. Das Wesentliche war das Meer, an dem im Film beinahe alle Kasinos lagen, und zwar an Meeren, die größer waren als mein heimatliches, die Ostsee, größer als sämtliche Gewässer, an die ich gereist war und vor allem: jemals reisen würde. Eine Zeitlang dachte ich, das Roulette sei nichts weiter als ein Symbol für die Freiheit, nach der ich mich sehnte. Eine Freiheit, bei der man sich unspektakulär durch die Welten würde bewegen können. Bei der *die Welt selbst unspektakulär würde* (und man selber dadurch ruhig). Inzwischen allerdings glaube ich nicht mehr daran, dass dieser Griff zurück durch die Zeiten taugt: Irgendwann erfüllte sich der Wunsch, unverhofft und ohne jede Anstrengung meinerseits, und ich sah beinahe jedes Meer auf der Welt. Allerdings änderte dieser Umstand nichts an meiner Faszination. Es könnte also durchaus stimmen, was mir Bonaparte später einmal vorgelesen hat, dass das Roulette wie jedes ernsthafte Spiel erhaben ist über die Form der Gesellschaft, ja über den Lauf der Geschichte selbst. Allerdings hat er gelächelt dabei, sein leises Lächeln, wie um mich auf die Probe zu stellen. Um zu sehen, wie weit ich zu glauben bereit bin, was aus seinem Mund kommt. Mich aus der Reserve locken, ein kleines Wortgefecht, nur so zum Schein.

Als ob es darauf ankommt.

Oder damit das, was wirklich stimmt, nicht ausgesprochen werden muss. Dass meine Liebe zum Roulette mit der Liebe zu Bonaparte ganz einfach in eins fällt.

Mir selbst erscheint es merkwürdig, aber vermutlich handelt es sich bloß um einen Zufall: Die allererste Eintrittskarte habe ich verloren. Ausgerechnet. Verloren oder ganz einfach nicht aufgehoben. Vielleicht ist es mir zum damaligen Zeitpunkt tatsächlich egal gewesen, im Rausch des sogenannten entscheidenden Moments, des ersten Mals, das es doch immer gibt, immer gibt es ein erstes Mal!, eine Tür, durch die ein Spieler für ein Mal hindurch muss, in die ewige Gegenwart des Spiels hinein. Und ich habe, nicht ahnend, an welchem Punkt ich mich befand, die Karte im Hochgefühl des Gewinnens achtlos in dem Hotelzimmer zurückgelassen, in dem ich mich für einige Tage aufhielt.

Ein Hotel in einem Badeörtchen an der See, in das mir Bonaparte damals gefolgt ist.

Wenige Tage zuvor war ich ihm auf einer Konferenz in Berlin begegnet, einer Konferenz für Historiker, die den Titel trug *Ansichten der Vergangenheit* oder *Vergangene Ansichten*, vielleicht auch *Angesichts des Vergangenen*. Ich war dort, um im Rahmen des Abendprogramms etwas zu Geschichte und Prosa zu sagen. Von den Vorträgen, in denen es sämtlich um die Revolution (1989) ging, ist mir nichts in Erinnerung geblieben. Auch, worüber genau Bonaparte gesprochen hat, weiß ich nicht mehr, ja es kann sein, dass ich schon im Moment des Zuhörens nicht darauf geachtet habe. Allerdings ließ mich sein Ton aufhorchen. Im Gegensatz zu den anderen Wissenschaftlern, die sich ins Zeug legten, verströmte er beim Reden eine merkwürdige Gleichgültigkeit. Eine Gleichgültigkeit, die sich in falschen Betonungen und Pausen ausdrückte, darin, dass er das Wesentliche eines Satzes verschluckte oder übersprang. Es wirkte, als sei er gezwungen zu reden. Sein Auftritt stand in seltsamem Kontrast zu dem eifernden Gehabe seiner Kollegen, deren Bemerkungen er in der anschließenden Diskussion kaum ausführlicher als mit einem Ja oder Nein beantwortete. Ich hatte den Eindruck, er könne angesichts ihrer Fragen und Berichtigungen jeden Moment zu lachen anfangen, wenigstens aber die Augen verdrehen. Nur am Ende beugte er sich vor und antwortete in beinahe beschwörendem Ton auf eine provokative Behauptung, es könne doch nicht darum gehen, ob einem Geschichte *gefiele*.

Später, beim Empfang, auf dem sich herausstellte, dass beinahe sämtliche Teilnehmer der Tagung wie ich aus P. kamen, von einem Institut, an dem auch Bonaparte arbeitete, hatte ich ihm von meiner Absicht erzählt, an die Ostsee zu fahren. Ich wollte dort einen Aufsatz über die Arbeiten eines Malers schreiben, der sich mit der Versteppung von Landstrichen befasste. (Offenbar hatte sie also damals schon begonnen, die Zeit der *Texte*, Texte für Kataloge, Broschüren, Ausstellungen, Bild- und Fotobände. Und war es demnach bereits vorbei gewesen mit dem sogenannten literarischen Schreiben.) Er malte die Umrisse von Gebäuden, aus denen die Menschen verschwunden waren, Gehäuse, Geisterstädte, die überall dort auf der Welt zurückblieben, wo eine bestimmte Epoche beendet war. Es ist tatsächlich seltsam: Im Licht einer bestimmten Zeit entsteht ein Ort, wächst und bewegt sich, doch sobald der Scheinwerfer der Geschichte ausgeknipst wird, holt sich die Natur alles zurück, was der Mensch mit großem Brimborium in sie hineingestellt hat.

Bonaparte (den ich zu diesem Zeitpunkt noch nicht Bonaparte genannt habe) kannte das Seebad, in das ich wollte, als Kind hatte er in einer staatlichen Ferienkolonie ein paarmal den Sommer dort verbracht. Wir schwiegen. Schließlich fragte ich ihn. Nach der seltsamen Art seines Auftritts. Hatte er eine Rechnung mit seinen Kollegen offen, wollte er sie verunsichern? Bonaparte lehnte sich zurück. Die Finger der einen Hand am Mund, als rauche er eine Zigarre, sah er mich lange an. Dann beugte er sich vor, blies mir imaginären Rauch ins Gesicht und sagte statt einer Antwort bloß: Wozu das Ganze?

Ich weiß nicht, ob ein Satz reicht, um einen Menschen für ungewöhnlich zu halten. Ihm zu verfallen. Ein Satz, eine Geste, ein Kuss. Es muss an dem plötzlichen Ernst gelegen haben, mit dem er ihn dicht vor meinem Gesicht ausgesprochen hat, diesen Satz, auf den ich damals nur mit einem ausweichenden *Also ...* habe antworten können.

Und von dem ich nichts weiter wusste, als dass er mich betraf.

Ja, daran und an der Tatsache, dass er drei Tage später überraschend vor der Tür meines Hotelzimmers stand und ein Hemd trug, unter dem die herrlichsten Schlüsselbeine, die ich je an einem Mann gesehen habe, durchschimmerten. Anders jedenfalls wäre es gar nicht zu erklären, dass ich ohne zu zögern meinen Sommermantel vom Garderobenhaken nahm, als er ohne Begrüßung im Türrahmen lehnte und im selben salbungsvollen Ernst meinte, es gäbe im Nachbarort ein Kasino. Eine Feststellung, kein Vorschlag oder eine Frage. Er stand da, als würde er nur darauf warten, dass ich mir rasch etwas überwarf. (Was ich ja tatsächlich auch tat.)

Es war Nacht und außer uns kein Mensch zu sehen, als wir am Kasino ankamen. Bonaparte erinnerte sich, dass das Haus früher als Kulturpalast gedient hatte. Auf der Plakette neben dem Säuleneingang allerdings war nur zu lesen gewesen, dass schon der Kaiser regelmäßig zum Spielen hierhergekommen sei. Ich tauschte fast das gesamte Tagungshonorar, einen Zweihundert-Euro-Schein, den ich noch bei mir trug, in Jetons. Nach einer halben Stunde war fast nichts mehr davon übrig.

Sorglos verteilten wir den Rest auf dem Tisch. Schon im Aufbruch begriffen, wendete sich das Blatt plötzlich … Wir spielten weiter. Gegen drei Uhr schloss das Kasino. Zu Fuß machten wir uns auf, zurück zum Hotel, das Siebenfache meines Honorars in der Tasche.

Alles Spätere, das Spiel betreffend, scheint in diesem Bild beschlossen, diesem Gehen zu zweit, über den Dünenweg zurück durch die Dunkelheit: die Nacht und das Meer und auf dem Weg zwei Menschen (Bonaparte und ich), aber nicht aufs Meer achtend, auch nicht auf die Ginsterbüsche oder die prachtvollen Bädervillen oder die Sterne über sich. Noch immer habe ich den Eindruck, wir hätten das gewonnene Geld den ganzen Weg über in die Luft geworfen, zumindest seien immerfort Münzen aus unseren Taschen auf den Sandweg geprasselt, wie Murmeln aus einem übervollen Eimer herumhopsender Kinder. Eine Vorstellung, die genauso irrig ist wie die, wir hätten uns, im Hotel angekommen, in den Scheinen und Münzen gewälzt, während wir uns liebten. In Wirklichkeit kehrten wir schlendernd zurück, in einem seltsamen Zustand, einer Art vernünftiger Ekstase oder stummen Jubelns, und war es auch nur ein einziger Zwanziger-Jeton gewesen, den wir übersehen hatten und der Bonaparte, als er sich in dem von der Morgendämmerung blaugrau gefärbten Zimmer auf mich legte, aus der Hosentasche rutschte und eine lange Weile über den Boden rollte.

Drei Stunden, vielleicht auch zehn oder einen ganzen Tag hatten wir am Roulettetisch verbracht. Während des Spielens kein Blick auf die Uhr. Draußen hatte es eine Weile gedauert, bis uns wieder eingefallen war, dass es Mai war und nachts, ein Donnerstag und wir an der Ostsee. Kurz nach uns waren die Croupiers herausgekommen. Einer winkte uns zu, bevor er auf sein Mofa stieg und in die Dunkelheit davonfuhr. Bis zuletzt waren wir die einzigen Gäste geblieben (was während der Vorsaison in den östlich gelegenen Badeorten nicht selten der Fall ist). Später haben mich leere oder halb leere Kasinos immer mit Unbehagen erfüllt. An jenem Abend allerdings, so schien es und scheint es mir noch heute, war der Saal extra für uns geöffnet, der Kessel extra für uns gedreht worden. Ganz wie im Märchen hatten die Angestellten seit langer Zeit auf uns gewartet. Sie hatten geschlafen, hatten die Zeit verdöst, andere Besucher – die falschen! – abgewiesen und den Saal in Schuss gehalten, damit, wenn wir ihn eines Tages betreten würden, alles so wäre, dass wir für immer blieben.

Wir hatten nicht geschickt gespielt. In plump-begeisterter Manier waren wir einfach dem Offensichtlichen gefolgt, in diesem Fall dem immer wiederkehrenden dritten Dutzend (eine Serie, die sich später niemals mehr wiederholt hat). Ohnehin war mir nicht entgangen, dass Bonaparte zum ersten Mal an einem Roulettetisch stand, genau wie ich. Was er nicht zu verbergen versucht hatte. Kann sein, dass er lange nach jemandem gesucht hatte für diesen Moment, so wie manche Menschen nach dem richtigen Tanzpartner suchen. Ja, in gewisser Weise hat er mich aufgefordert an dem Abend. Zumindest auf den ersten Blick. Denn auch wenn es so aussieht, Bonaparte sei *mir* gefolgt, so muss uns doch beiden etwas an dieser Art Prüfung gelegen haben. Eine Prüfung die Angst betreffend vielleicht. Als sei mit diesem Gang an den Spieltisch und der selbstverständlichen Geste, mit der ich den Geldschein dem Croupier am Kassenschalter hingelegt hatte, schon alles gesagt, alles bewiesen. Eine Art Eignungstest. Wie ohne die gewohnten Abläufe mit der Liebe zu beginnen wäre. Und ohne die üblichen Fragen.

Ich habe ihn zuerst geküsst. Auf dem Dünenweg, kurz vorm Hotel. Es war also *danach*. Ich glaube, dass er für den Bruchteil eines Augenblicks zurückwich vor diesem Kuss. Nicht skeptisch, sondern als müsse er sich kurz konzentrieren auf das, was jetzt, nach dem Reden, kam. Sich erinnern. Auch später habe ich ihn manchmal mit Küssen vom Reden abgehalten, vom Reden oder davon, die unsichtbare Zigarre hervorzuholen und Rauch auszublasen. Er kann seine Gefühle nur mit übertriebenen Gesten ausdrücken. Ich weiß, dass er unfähig ist, mich auf gewohnte Weise zu lieben. Während er in aller Deutlichkeit darüber spricht, dass die dritte Kolonne mit dem zweiten Dutzend abzudecken ist, man die Zero im Auge behalten sollte oder auf die 25 häufig die 1 folgt, hat er die einfachsten Dinge auf der Welt niemals sagen können. Bleib hier. Du musst. Komm her. Ich liebe dich. So habe ich es an seiner statt gesagt, immer, weil er es nicht konnte, nicht kann, vielleicht reichte es mir auch, dass er immer wieder dasaß, in meinem Schaukelstuhl, dort, wo er jetzt nicht mehr sitzt.

Dass das Küssen eine Rettung ist, wenn die Wörter einen gewissen Verzweiflungszustand zu überdecken beginnen, haben wir immer unerwähnt gelassen. Wie wir auch später die Frage *Wozu das Ganze?* nie mehr erwähnt, geschweige denn über sie diskutiert haben. Diese Frage, von der wir beide wissen, dass sie mehr umfasst als bloß das Gerede der Wissenschaftler an dem Tag der Konferenz. Dass sie einen, je länger man über sie nachdenkt, daran hindern kann, *überhaupt irgendetwas zu tun.*

In ihrer Allmächtigkeit, ihrer Ausschließlichkeit hat sie mich immer an das erinnert, was ich als Kind Sonntagselend nannte. Ein Albdruck, der mich regelmäßig befiel, wenn ich am Sonntagabend der Schulwoche und ihren Verpflichtungen entgegensah. Die Notwendigkeit, Rechenschaft abzulegen und mich zu positionieren, mich *der Zukunft zu stellen*, wie es damals geheißen hatte, saß mir dann jedes Mal wie eine Kralle auf der Brust. Was tat ich gegen Unrecht, womit konnte ich dienen, wozu überhaupt war ich in dieser Welt? Und obwohl wir inzwischen in einer Zeit ohne Verpflichtungen und mahnenden Zeigefinger leben, ich also erleichtert sein könnte, packt es mich noch manchmal, das Sonntagselend, vielleicht aus einer Gewohnheit des Gemüts heraus, und ich spüre die Aufforderung zu antworten. Auf diese seltsam lächerlichen Fragen, übrig geblieben wie eine rostige Patronenhülse aus irgendeinem längst vergangenen Krieg.

Ich weiß, dass es Bonaparte genauso geht. Wir müssen nicht darüber reden. Vermutlich gibt es immer irgendetwas, an das nicht gerührt werden darf. Weil ein Gespräch darüber zu nichts führt oder alles einzustürzen droht, wenn bestimmte Dinge ausgesprochen werden. Das ist der Moment, in dem das Küssen beginnt. Das Küssen und das Vergessen, die Gegenwart.

Meistens streichen meine Finger dann nur noch über seine schön gebogene Adlernase, und ich sage: Bonaparte.

So wie ich ihn seit jeher genannt habe, seit jeher

nenne, auch wenn das nicht stimmen kann, da ich die Napoleonbüste auf dem altmodischen Servierwagen in seiner Wohnung erst bei meinem zweiten oder dritten Besuch entdeckt habe. Ich nehme an, es hat ein Hut darübergelegen. Ein Hut oder Schal oder die Seiten eines Aufsatzes, an dem er gerade schrieb, und die er achtlos auf den Cocktailgläsern abgelegt hatte, zwischen denen die kleine Büste stand. Ich erkannte nicht sofort, dass es sich um Napoleon handelt, da der weiße Gipskopf nicht mit dem üblichen Dreispitz ausgestattet war, sondern leicht gewelltes, zu einem lockeren Zopf gebundenes Haar trug – die Augen wie bei einem Dichter seltsam niedergeschlagen. Der junge Napoleon. Während Bonaparte sich unwillig zeigte, mehr darüber zu sagen, als dass er früher, *in jungen Jahren*, ein gewisses Interesse für den französischen Imperator gehegt habe, nahm er bereitwillig hin, dass ich ihn Bonaparte nannte. Bis auf einen Punkt: Er sei mindestens drei Köpfe größer als Napoleon und habe daher keinerlei Lust zu erobern, was oder wen auch immer.

Im Übrigen war sein Forschungsgebiet auch nicht die Militärgeschichte, sondern *Möglichkeiten und Grenzen des Dialogs in Zeiten friedlicher Umbruchprozesse.*

Bevor Bonaparte abgereist ist – abgefahren oder -geflogen –, haben wir uns geliebt. Nicht wie sich

Paare *zum letzten Mal* lieben. Aber ich habe ohnehin nie gewusst, was eine Steigerung in dieser Hinsicht bedeuten könnte. Wie jemanden mehr umarmen, ihn mehr küssen, sich mehr in seinen Rücken krallen? Vielleicht ist aber auch das Gegenteil der Fall und wir haben uns in Wirklichkeit *immer* so geliebt, als wäre es das letzte Mal, sodass mir der Unterschied nie aufgefallen ist. Wie hätte ich es auch jemals wissen sollen? Bonaparte hat sein Verschwinden nie angekündigt. Nie hat er im Voraus gesagt: Heute packe ich oder morgen werde ich verreisen. Für einen Tag oder eine Woche, eine Ewigkeit. Das Fortgehen ist heute keine große Sache mehr. Tagungen, Dienstreisen, Anstellungen, Forschungsaufträge, die Menschen gehen nicht mehr hinter einer Grenze oder irgendwo im Niemandsland verlustig, sie tauchen ab und wieder auf. Kein Grund, sich unnötig Sorgen zu machen, man muss nur warten, bis der andere oder man selbst ein Mal um den Erdball herum ist. Als er gegangen ist, ist auch kein schweres Hoftor krachend ins Schloss gefallen. Irgendeine sich automatisch öffnende Glastür wird ihn verschluckt haben und nach einer bestimmten Zeit auf dieselbe unspektakuläre Weise wieder freigeben. Ein fast lautloser Vorgang. Ist es also schon Verschwinden, wenn dem Blick etwas abhanden kommt, oder wie sieht das wirkliche Verschwinden aus, das gründliche, endgültige?

Zu früheren Zeiten habe ich, wenn Bonaparte nicht da war, mein eigenes Pulsgeräusch im Ohr manchmal mit dem Geräusch seiner Schritte im Treppenhaus verwechselt. Mit den Jahren hat sich mein Zustand verändert, es ist kein ungeduldiges oder lauschendes Warten mehr. Die Gedanken an Bonaparte begleiten mich wie ein beständiges Summen im Hintergrund. Ich habe mich daran gewöhnt wie an das Geräusch des Regionalzuges, der jede halbe Stunde über die Brücke gegenüber meiner Wohnung rauscht und dessen altmodisches Getute ich selbst in der Fremde automatisch höre, sobald ein Zug in der Nähe fährt. Ich schlafe gut. Überhaupt scheint mir der Schlaf die sinnvollste Fähigkeit meines Körpers zu sein. Dabei interessieren mich meine Träume nicht sonderlich. Ich bin sogar froh, dass es da eine Phase gibt, die mir entgeht. Jedenfalls habe ich den Eindruck, dass ich nicht von Bonaparte träume. Er gehört in den Tag. Sein Phantom schlendert selbstverständlich neben mir her, egal ob ich hier bin oder durch andere Städte laufe. Und sobald ich mich im Spiegel betrachte, erscheint sein Kopf hinter meinem. Eine Art Doppelporträt oder Selbstporträt als Paar.

In Wahrheit ist das einzige Bild, das ich tatsächlich von ihm besitze, ein Aktfoto. Er hat es mir nach einer Reise geschenkt, der ersten, nachdem wir uns getroffen haben. Er hat sich selbst fotografiert, im Spiegel eines Hotelzimmers. Es war in Bukarest, vielleicht auch Budapest oder Warschau, ich habe es vergessen. Das Gesicht vom Fotoapparat und dem Blitz im Spiegel unkenntlich, während die andere Hand halb im Ernst sein Geschlecht verbirgt. Das eine Bein hat er ein wenig zur Seite gestreckt, die Pose einer griechischen Statue, in ihrer Nacktheit schön und unveränderlich.

Wir haben uns nie nachspioniert. Obwohl es keine Abmachung oder gar ein Verbot in dieser Hinsicht gegeben hat, haben wir nie geheime Nachforschungen angestellt. Darüber, wo der andere sich aufhält, wenn er nicht da ist, was er tut. Ich aus Angst, Dinge zu erfahren, die ich nie wieder würde vergessen können, und Bonaparte, so meine Vorstellung, weil er in Gedanken sofort woanders ist, sobald ich nicht mehr neben ihm gehe oder liege. Auch kein Versprechen oder Schwur in den Jahren unseres Zusammenseins, der Abwesenheiten, der Liebe. Selbst wenn damals, am Meer, stillschweigend ein Pakt geschlossen worden ist. Von da an war es besiegelt. Andere hätten es vielleicht Hobby genannt, eine zufällige Übereinstimmung irgendwelcher Interessen. Aber solche Annahmen gehen in die falsche Richtung. Wir müssen es gewusst haben, vom ersten Augenblick an. Durch das Roulette war plötzlich eine Verbindung da, die über jenen Magnetismus hinausgehen würde, der gemeinhin als Liebe auf den ersten Blick bezeichnet wird und im Grunde auf nicht mehr als die Chemie von Körpern zurückzuführen ist. Ich habe den Drang, einen anderen Menschen in der nächsten Sekunde unbedingt berühren, ihn riechen und schmecken zu müssen, oft erlebt. Und genauso habe ich es erlebt, wie mir dieser Drang von einem Augenblick zum andern vollkommen absurd erschienen ist. Denke ich an Bonaparte, an seinen geraden, schlanken Körper, seine Schlüsselbeine, die sich unter einem Hemd abzeichnen, weiß ich, dass dieser Drang nicht nachlassen wird. Und Bonaparte weiß es auch. Da er nur die eine Seite unserer Liebe ist, kann er nicht verfliegen. Als es mit den Menschen auf der Erde begann, so Bonaparte einmal zu mir, sollen der aufrechte Gang und die plötzlich freien Hände nicht nur für Steinwürfe genutzt worden sein. Schon bald habe es unter den ersten Menschen auch einen gegeben, der mit Würfeln spielte, winzige schiefe, aus Knochen gefertigte Würfel, die er auf einem platten Stein zu Mustern auswarf ... Da die anderen Affenmenschen wegen dieser seltsamen Vorliebe beständig in Streit mit ihm gerieten, habe er sich irgendwann aufgemacht, jemanden zu finden, der ihm ähnlich sei. Und den er sofort erkennen würde, an der Art, wie er zwischen zwei Würfen in die Savanne blickte, seltsam entrückt und anwesend zugleich, konzentriert, aber nicht, um Ausschau zu halten nach irgendeinem Feind. Und genauso sei es mit uns, so Bonaparte weiter. Wir, am anderen Ende des Zeitstrahls oder zumindest doch in einer seltsamen Zwischenzeit. Dass man sich noch immer auf die gleiche Weise, an den gleichen Zeichen erkennen könne. Nur dass die Müdigkeit größer sei, von allem, was dem ersten Menschen seither in den Kopf geschüttet worden sei.

Ich glaube mich zu erinnern, dass Bonaparte damals sagte, die, die sich auf diese Weise fänden, seien Übriggebliebene. Ein Wort, das ich immer als Liebesbeweis angesehen habe.

Natürlich liefern derlei Geschichten keine Begründung für eine Leidenschaft. Eine Unternehmung, die vermutlich ohnehin müßig ist – einer Leidenschaft auf den Grund gehen! Die Tatsache, dass wir gewonnen haben in dem Badeort, hat jedenfalls wenig damit zu tun. Es ist nur der Ausgangspunkt eines Strahls. Nichts weiter. Eine für Monat Mai ungewöhnlich laue Nachtluft, das gleichmäßige Rauschen der Ostseewellen, das auf dem Weg hinter den Dünen gut zu hören gewesen war, ein paar schlafende Kähne, ein Rest glücklicher Fischgeruch … all das, könnte man meinen, wirkte begünstigend. Kann sein, es ist tatsächlich nicht unerheblich, wo und wie man mit einer Sache beginnt. Aber nicht garantiert. In der ewigen Gegenwart des Spiels gleicht sich alles an. Für jemanden, der in der Wiederholung lebt, wird die Zeit zu einem Block, massiv und undurchdringlich, die Unterscheidung von *zuerst* und *später* sinnlos. Ja, je mehr ich über die Jahre, die auf diesen *glücklichen Anfang* folgten, nachdenke, desto weniger leuchten sie mir als logische Folge dieses Beginns ein.

(Übrigens haben Bonaparte und ich uns zwei- oder dreimal einen Spaß daraus gemacht, Bekannte zum Spielen zu überreden, nur um das Phänomen des Gewinnens beim ersten Besuch in einem Kasino bestätigt zu finden. Bei den meisten verkehrt sich das Staunen über das gewonnene Geld noch am selben Abend in eine Abwehr, ja regelrechte Angst, und sie betreten nie wieder eine Spielbank.)

Nein, ich weiß nicht, warum Bonaparte sich damals die Mühe gemacht hat, mir an die Ostsee zu folgen, für eine Nacht, die die erste war. Vermutlich hätten wir überall beginnen können. Daran, dass er sich eine besondere Wirkung versprach, an diesem Ort, in dieser Szenerie, kann es nicht gelegen haben. Er hat nie mit seinen Auftritten aufgehört. Es ist immer geblieben bei dieser unverbindlichen Art zwischen uns, jener sonderbaren Unverbindlichkeit auf Dauer.

Die längste Abwesenheit, habe ich immer gedacht, wäre eine, in die ein Text passt. Ein Text über Bonaparte, was heißt: uns. Ich habe den Nachmittag damit verbracht, in verschiedenen Läden der Stadt nach Notizbüchern für das Bonaparte-Projekt zu suchen. Ich entschied mich für ein buntschillerndes mit Magnetverschluss. Zu Hause setzte ich mich trotz der winterlichen Temperaturen eine Weile auf das Feuerwehrgitter. Nord lag wenige Meter neben mir auf dem benachbarten Austritt. Er hob kurz den Kopf, als ich aus dem Fenster kletterte und witterte in meine Richtung. Ich schlug das Buch mit den leeren Seiten auf. Allerdings kam mir diese Pose gleich darauf lächerlich und das kostbare Buch übertrieben vor, und ich malte schließlich nur darin herum.

Manchmal denke ich, dass die Seiten, die ich zu schreiben begonnen habe, bloß mit den Fotos zu tun haben, die ein Freund mir mit der Bitte, einen Text dazu zu verfassen, vor Monaten zugeschickt hat. Bei den Bildern handelt es sich um Aufnahmen ehemaliger Schlachtfelder. Die Seelower Höhen, Kunersdorf, Großbeeren, seltsam liebliche Landschaften aus Sandhügeln, Kieferngruppen, Äckern, die meisten im Sommer aufgenommen, wenn das Getreide auf dem Halm steht. Eine beängstigende Lieblichkeit: Trotz der stillen Leere ist eine gewisse Erschöpfung, eine Anwesenheit in ihnen zu spüren. Als hätten die Menschen, die einmal dort gestanden oder gelegen haben, die Menschen, die dort gestorben sind, ihre Umrisse zurückgelassen, irgendetwas wie eine Form.

Wenn ich auch nicht genau weiß, wie lange Bonaparte schon fort ist, der Auftrag jedenfalls muss mich vor seiner letzten Abreise erreicht haben, denn ich entsinne mich, dass er angesichts der auf meinem Schreibtisch herumliegenden Bilder mit einem Nicken sagte: Wenn etwas verschwindet, entsteht ein Quadrat in der Landschaft, manchmal ein Kreis. Als ich ihn allerdings konkret zu einer der Schlachten befragte, gab er sich verärgert und verwies mich an ein Lexikon. Natürlich war sein Ärger nichts weiter als ein Ausdruck ohnmächtiger Wut dem gegenüber, was er selbst tat, *zu tun gezwungen war*, wie ich es immer empfunden habe.

In einem Brief, der den Fotos beigelegt war, hatte der Fotograf geschrieben, mein Text könne das Verlorene zurückholen, ja, es sogar wiedererwecken, eine Art Gedenkschrift, die das Nichtmehr-Vorhandene wieder spürbar machen solle. Allerdings glaube ich, je länger ich die Grashalme, Kiefern und Hügel betrachte, dass sich gegen die *abstürzende Zeit* nichts unternehmen lässt und Schreiben ein schwacher Trost ist, der es mit dem Gefühl der Angst nie im Leben aufnehmen kann.

Seitdem ich Bonaparte kenne, ist der Gang ins Kasino an eine Zweisamkeit gebunden geblieben. Allein spielen: Nichts auf der Welt, kommt mir seither vor, ist abwegiger. Natürlich habe ich es trotzdem immer wieder getan. So wie man eine Kerze entzündet im Gedenken an jemanden. Eine klägliche Zeremonie meiner Überflüssigkeit: Wenn ich ohne Bonaparte ins Kasino gehe, verliere ich meistens sofort. Verzagt schleiche ich herum, um meine Jetons in einem Anfall von Müdigkeit und Verzweiflung schließlich wahllos (was heißt: auf Glück hoffend) auf dem grünen Tuch zu verteilen. Auch habe ich beim Alleinspielen eine merkwürdige Weltfremdheit an mir feststellen können. In einer Spielbank an der österreichisch-slowenischen Grenze streute ich vor Jahren einen Siebzehnfach-Gewinn, der mir mit einem einzigen Zehner-Jeton auf der 14/17 geglückt war, in konfuser Weise sofort wieder aus. Delirierend vor Einsamkeit und mehreren Gläsern Kamptaler Extra Brut verfiel ich auf den Gedanken, dies sei nicht nur Spiel-, sondern auch *ausländisches* Geld (die österreichische und deutsche Währung waren zu diesem Zeitpunkt längst vereinheitlicht!), weswegen mich der Umtausch später Unsummen kosten würde. Ungehalten über diesen vermeintlichen Verlust spielte ich so lange, bis kein einziger Jeton zum Umtauschen mehr übrig war. Manchmal begleiten mich auf einem Gang allein ins Kasino Bonapartes Einflüsterungen, zum Beispiel die, dass Angst bekanntlich das Letzte sei, ja, das Letzte, was ein Spieler brauche. Ganz und gar fehl am Platz, im Grunde könnte ich sofort umkehren. Dabei wissen wir beide, Bonapartes Stimme in meinem Ohr – nein: in meinem Körper – und ich, es natürlich besser. Insgeheim erwartet man zu gewinnen. Selbst nach Jahren noch trägt man die Zuversicht, dieses stärkste aller Glücksgefühle, in die Spielbank hinein. Diese komische Hoffnung, als wüssten wir keinen anderen Ort, an den sie sich sonst hintragen ließe. Mit einiger Kraft dann jedes Mal der Versuch, diese Absichten vor sich selbst zu verbergen. Ich werde, ja, ich *will* verlieren, sage ich mir, damit die Welt nicht weiß, was ich wirklich will, *damit ich es selbst vergesse*. Gewinne ich tatsächlich einmal an einem solchen Abend, dann nur rein zufällig (ein schwerhöriger Croupier, ein versehentlich gesetzter Jeton) und wie mit knapper Not. Das unschlüssige, trockene Klacken der Jetons zwischen meinen Fingern. An einem Tisch, der gerade erst eröffnet hat, fällt die 28. Als sei das meine letzte Chance, lege ich ein Cheval auf die Zero/2, ein Cheval auf die 28/29. Die 2. Ich flüchte sofort, als sei ein solcher Gewinn ein unrechtmäßiger, als könne ich die Zahlen, die Croupiers, nicht länger darüber hinwegtäuschen, dass etwas nicht in der Ordnung ist. Gleich wird es auffliegen und sich herausstellen, dass ich allein hier bin. Und draußen erzähle ich alles sogleich Bonaparte, selig und erstaunt darüber, dass mir dieser Coup gelungen ist, dieser Raubzug *wider jede Logik*.

Im Überschwang dann doch noch mal zurück ins Foyer, wo ich mich zum ersten oder hundersten Mal mit derselben Frage an den jungen Mann am Empfangstresen wende. Die Bäume vorm Haus? Ah … Das könne er mir nicht sagen, erklärt er mir freundlich zum ersten oder hundersten Mal, schon den Stift in der Hand. Ein Spiel, damit es nicht zu Ende ist, damit ich wiederkomme, damit es weiterläuft. Er werde sich erkundigen, auf jeden Fall. Johannisbeerbäume, vielleicht. Johannisbeerbäume? Er werde sich erkundigen, auf jeden Fall.

Als Bonaparte und ich begannen, regelmäßig ins Kasino zu gehen, fing man gerade damit an, der Stadt wieder ihr ehemaliges Gesicht zu verpassen. Jedenfalls kommt es mir jetzt, im Nachhinein, so vor, als hingen diese Dinge auf eine bestimmte, verfahrene Weise miteinander zusammen. Die einstige Auslöschung wurde rückgängig gemacht. Was die Bomben der Alliierten in den letzten Tagen des Krieges zerstört und die Kommunisten wenig später weggerissen und mit modernen Häusern überbaut hatten, wurde wieder ausgegraben oder neu errichtet. Aber nicht, um die Erinnerungen oder die Spuren der Toten zu suchen, im Gegenteil, diese neuerliche Zerstörungswut war ein Rausch des Vergessen-Wollens. Nun, fünfzig, sechzig Jahre später, da auch die Kommunisten verschwunden waren, schien man keine Zeit verlieren zu dürfen. Wie ein Greis sich plötzlich seiner Jugendliebe erinnert, beschwor man die einstige Schönheit, die königliche Pracht der Stadt. Alles Moderne wurde entfernt, um wieder ungestört in einem Album der Nostalgie wandeln zu können. Als hätte Bonapartes und mein Leben hier niemals stattgefunden oder höchstens als eine Art Irrtum oder lächerliches Intermezzo, verschwand die Stadt, wie wir sie gekannt hatten. Diese Stadt, die wir tatsächlich und seit Jahren nur Pe nennen. Wann kommst du wieder nach Pe? Bleibst du den Sommer über in Pe? Ich glaube, damals fingen wir an, die Stadt als eine untergehende zu sehen, während man sie in Wirklichkeit zurückverwandelte, die alten Gebäude wieder errichtete und für die Besuchergruppen, die täglich durch sie hindurchströmen, in neuem Glanz erstrahlen ließ. In unseren Augen allerdings entsprach sie mehr und mehr diesem Kürzel, war sie ein Rest, den wir, meistens auf dem Weg zur Spielbank, nur noch durchquerten wie irgendeine Stadt.

Im Übrigen wurden für diese neuerliche Auslöschung kaum Sprengungen vorgenommen. Der sogenannte Rückbau geschah wie nebenbei. Ähnlich lautlos jedenfalls wie die Umbenennung von Straßen vor sich geht. Längst läuft man zum Kasino nicht mehr durch die Ludschuweit und Külz, sondern durch Luisen und Breite, wohne ich in der Scharnhorst (früher Nuschke) und mein Vater in der Großen Kurfürsten anstatt in der Straße der Nationen. Allerdings weiß ich nicht, ob ihn dieser Umstand kümmert, ihn überhaupt je interessiert hat. Unsere Gespräche drehen sich seit Jahren um Pflanzen, Pflanzen und Kraniche. Auf gewisse Weise ist er durchlässig geworden für die übrigen Dinge um ihn herum, die Veränderungen in der Stadt, der Welt, er wehrt sie nicht ab, hält sich aber auch nicht mit ihnen auf. Ich habe mir oft gesagt, diese seltsame Durchlässigkeit ist eine Form von Verwirrung. Dabei spricht er vollkommen klar, studiert beispielsweise Nahrungsgewohnheiten und Paarungsverhalten, Flugrouten und -zeiten der Kraniche und fährt zu Beobachtungszwecken sogar hin und wieder in die märkische Landschaft, wo er jedes Mal tagelang am Rande eines ganz bestimmten Feldes ausharrt. Vermutlich ist es genau diese Geduld, die mich beunruhigt. Diese vollkommene Langmut, bedenkt man die Unruhe, ja quälende Getriebenheit, die sein früheres Leben ausgemacht hat.

Ein früheres Leben.

Als Begleiter von staatlich geprüften Musikkapellen und Orchestern hatte er viel Zeit in Zügen und Bussen verbracht. Was ihm nichts ausmachte, im Gegenteil. Die Fahrten: nach Rostock, Dresden, manchmal Prag oder Sofia, am liebsten immer bis in die letzte Ecke, den äußersten Winkel der Möglichkeiten hinein. Die abgezäunte Geografie gerade groß genug, um nicht irre zu werden. Neun oder zehn Orchester, für die er die Verantwortung trug. Abrechnungen, Termine, Organisation. Wenn jemand ausfiel, schaffte er binnen weniger Stunden Ersatz heran. In größter Not sprang er auch selbst ein, er spielte Saxophon und Keyboard. Anfangs hatte er meiner Mutter versprochen, sie mitzunehmen, aber für ein Kind, später drei Kinder, war kein Platz auf den Tourneen. Wenn er nach Hause kam, schwärmte er ihr vor von der Welt, der kleinen, die er gesehen hatte und der großen, von der er träumte und die er nur vom Hörensagen kannte.

Nach der Öffnung der Grenzen wurden die meisten Orchester aufgelöst, die Kulturhäuser blieben leer, kein Mensch ging mehr auf diese Art Konzert. Andere stürzte das in Verzweiflung, mein Vater hingegen schien seltsam erleichtert. Er verließ die Wohnung. Jahrelang hatte meine Mutter gegen sein ständiges Fortgehen angekämpft. Jahrelang war es ihr gelungen – zumindest hatte er in einem stummen, zappelnden Krampf ihrem Wunsch nachgegeben und war zwischen den Reisen jedes Mal zurückgekommen zu ihr. Gegen sein Verschwinden zu normalen Zeiten hatte meine Mutter erfolgreich vorgehen können, gegen den Ausnahmezustand einer Revolution konnte sie nichts mehr ausrichten. Kopfschüttelnd, wie fassungslos über sich selbst, ging er. Als wäre angesichts der Freiheit draußen, dieses *Wahnsinns*, wie es damals so oft hieß, jedes weitere Zugeständnis nun wirklich lächerlich und sein Gehorsam all die Jahre nur noch eine Peinlichkeit, an die er sich besser nicht erinnerte.

Natürlich ist das alles Jahrhunderte her. Trotzdem sehe ich, wenn wir uns begegnen, jedes Mal wieder das Bild vor mir, wie er mit einer riesigen Sporttasche, die er extra für diesen Anlass gekauft zu haben schien, in Richtung Tür stürmt, vor der wir, aufgereiht wie zu seiner offiziellen Verabschiedung, gestanden hatten. Lange Zeit glaubte meine Mutter, er hielte sich im Ausland auf, in New York oder Sydney, auf irgendwelchen Mittelmeerinseln. Bis sie ihm irgendwann in der Stadt begegnet war. Er war tatsächlich einfach nur aus der Tür gerannt. Möglicherweise hat er damals zunächst nichts weiter als die Pflicht gespürt *loszugehen*, ohne dass er diesem Wort etwas hätte hinzufügen können. Meine Mutter jedenfalls zog kurze Zeit später wie aus Protest angesichts dieser Ungeheuerlichkeit mit einem anderen Mann nach Süddeutschland.

Bei unserem Wiedersehen war die frühere Unruhe meines Vaters ganz und gar verflogen. Er sprach lange darüber, wie er den Balkon seiner Wohnung bepflanzen wollte. Hornveilchen, Stiefmütterchen, vielleicht Lavendel. Die Kresse, die in kleinen Töpfen zwischen uns stand, hatte er selbst gezogen.

Wenn ich nicht mehr weiß, worüber ich mit ihm sprechen soll, bitte ich ihn, mir etwas vorzuspielen, sein Saxophon besitzt er noch. Er beginnt auch jedes Mal bereitwillig mit irgendeiner beschwingten Melodie, bricht aber meistens nach wenigen Sekunden wieder ab, um das Instrument mit den Worten: *Und so weiter und so fort*, in den Koffer zurückzupacken.

Er wirkt nicht unfreundlich oder depressiv, im Gegenteil. Anfangs erschreckte mich seine vollkommene Ausgeglichenheit, ich machte mir Sorgen wegen dieser Verwandlung. Mit der Zeit habe ich mich daran gewöhnt, wenn ich mich auch gelegentlich frage, wodurch das Wesen eines Menschen sich plötzlich verflüchtigen kann, ob es sich wegstecken lässt, verschließen in seinem Innern, so wie man einen kleinen Schatz, einen Ring oder Edelstein in eine Puppe einnäht.

Von diesem Auseinandergehen der Menschen, dem Zerstreuen und Zurückbleiben schreiben die Historiker nichts, habe ich einmal zu Bonaparte gesagt. Die wesentlichen Dinge entgehen uns, hatte er achselzuckend bestätigt, als mache dies ganz selbstverständlich das Wesen seines Faches aus.

Wenn uns das Geld zum Spielen fehlte, haben wir eine Weile ausgesetzt, bis aus irgendeiner Quelle wieder welches hereinkam. Ein zusätzliches Honorar oder Stipendium, irgendein Verkauf oder sonst eine Zuwendung. Zu hohe Einsätze verkehren sich ohnehin schnell in Müdigkeit. Einer von Bonapartes Sätzen. Ausflucht-Sätze. Weder Bonaparte noch ich sind reich. Kein Familienbesitz oder Erbe, das wir verspielen könnten, kaum Ersparnisse. Zumindest weiß ich, was Bonaparte angeht, nichts von einem solchen Vermögen. Bei meinem ersten Besuch in seiner Wohnung konnte ich mein Erstaunen nur schwer verbergen. Die wenigen Möbel in den zwei Räumen: wie aus weit entfernter Studentenzeit stammend, ein Sammelsurium billiger Stücke, achtlos hingestellt. Ein Schrank, ein Klappsofa, ein ausgefranster Korbsessel; als Schreibtisch eine Spanplatte auf zwei Böcken, darunter eine Art Bauernschemel, auf dessen abgewetzter Sitzfläche noch die folkloristische Bemalung schimmerte. Die ersten Male liebten wir uns auf einem Sessel, der in

Wirklichkeit eine zusammengefaltete Schaumstoffmatratze war, von Bonaparte mit wenigen Handgriffen so arrangiert, dass wir beide darauf Platz fanden. Bis auf das Servierwägelchen mit dem Napoleonkopf und ein paar Cocktailgläsern fehlten dieser Behausung die sogenannten schönen Dinge – seien sie noch so winzig und ausgesucht –, die bei wohlhabenden Menschen normalerweise zu finden sind. Ich glaube, ich wusste es, von Anfang an. Ich muss es gewusst haben, dass dieser Zustand nichts mit einer Notlage zu tun hatte. Da Bonaparte in Anzügen neben mir herläuft, ich ihn selbst in seiner Wohnung niemals anders gesehen habe als geschmackvoll gekleidet (Morgenmantel, eine Hausjacke mit Lederknöpfen, die weißen, immer leicht geöffneten Hemden), sein äußeres Erscheinungsbild also stets das Gegenteil von dem darstellt, was sich beim Anblick der Wohnung als Eindruck aufdrängt, kann es sich nur um ein Spiel handeln. Um eine Art Verwirrung vielleicht. Als wolle er alles abschütteln, was ihn durchschaubar macht. Was eine Herkunft oder Linie erkennen lässt. *Ein Emporkömmling aus gar keinem Milieu* habe ich einmal in einer Biografie über einen Schriftsteller gelesen, der mit jedem Buch, das er schrieb, Scham empfand. Darüber, dass er selbst nach Jahren nicht wusste, was das heißt: schreiben. Ein beständiges Gefühl von Scharlatanerie.

Auch wenn ich weiß, dass Bonaparte studiert und eine Doktorarbeit verfasst hat, eine Arbeit, die ihm immerhin eine (befristete) Stelle an einem Institut eingebracht hat, das sich Institut für Zeitgeschehen und Gegenwart nennt, und er zu Tagungen und Forschungsaufträgen eingeladen wird, sind mir diese Dinge bei ihm immer erschienen wie ein Zeitvertreib, so lange bis – ja, *was* geschehen würde?

Es war lange nach unserer Fahrt an die Ostsee, es war nachts, wir lagen auf dem Klappsofa in Bonapartes Wohnung, in die das Flutlicht des angrenzenden Sportplatzes drang. Er sagte, damals, auf der Konferenz, habe er den Eindruck gehabt, ich würde es einmal zu etwas bringen. Ich verstand nicht sofort. Es stellte sich heraus, dass er in dem Falle tatsächlich Geld meinte. Geld, mit dem ich ihn würde aushalten können, so seine Idee, eine Art Liebessalär, das ihm eines Tages erlauben würde, sich zur Ruhe zu setzen und aufzuhören mit all dem – Er hatte nicht *Unfug* oder *Krimskrams* gesagt. Aber seine Handbewegung, mit der er auf die Aktenordner und Papierstapel auf dem Tisch wies, war wie ein Echo auf diese unausgesprochenen Wörter gewesen.

Natürlich hatten wir gelacht über diese Vorstellung.

Es zu etwas bringen. Liebessalär. Sich zur Ruhe setzen.

Vielleicht habe ich auch nur alleine gelacht. Darüber und über das spanische Bärtchen, das er damals drei oder vier Wochen lang trug und an das ich mich jetzt erinnere wie an einen Beweis. Dazu seine Anzüge, die ich Cary-Grant-Anzüge nannte (figurbetonte Zweireiher, wie sie heutzutage kein Mensch trägt), und die er sich nach Hollywoodaufnahmen schneidern ließ. Er trug sie, wie alte Damen Diamanten tragen – aus einer Art ewiger Gewohnheit heraus, wenn eine gewisse Noblesse mit der Zeit mit der Haut verwächst. Jedenfalls hatte seine Kleidung nichts mit den Vorschriften einer Kasinoverwaltung zu tun.

Es ist vorgekommen, dass ich mich anfangs absichtlich verspätete, wenn Bonaparte und ich im Kasino verabredet waren, nur um ihn eine Weile ungestört beobachten zu können. Ich wollte ihn wie einen Fremden anschauen. Ich wollte sehen, ob er schon zu ihnen gehörte, den Stammgästen. Was hieß: ob *wir* schon zu ihnen gehörten.

Der Kalkulator: Ausgestattet mit den Spielergebnissen der letzten fünfhundert Spiele, sitzt er auf seinem angestammten Platz, ein Kaffee, ein Wasser. Notierend und grübelnd beobachtet er lange einen bestimmten Tisch, um plötzlich aufzuspringen und dem Croupier zwei Jetons hinzuwerfen: die 2 und die 36. Unerschüttert von Gewinn oder Verlust trägt er das Ergebnis in seine Liste ein. Wichtig ist die Zahl, nicht das Geld. Die übrigen Besucher stören ihn, sie verstopfen den Zugang zu den Tischen und rauben ihm mit ihrem Amüsiergehabe die Konzentration.

Im Gegensatz zum Kalkulator bleibt der Griller ganz ohne Stift oder Listen neben dem Kessel stehen. Wie auf einem Barbecue schaut er gelassen zu, was sich ergibt, während er mit dem Chefcroupier ein paar Worte wechselt. Es ist, als erhoffe er sich etwas von einem guten Verhältnis zu den Angestellten der Bank. Fast gemeinsam mit ihnen will er etwas *ausprobieren*, wofür er immer wieder kleinere Beträge einsetzt (die fast immer und sehr schnell im goldenen Loch der Abräummaschine verschwinden).

Hektischer geht es bei den Kleingärtnern zu. Überreizt und nervös wechseln sie zwischen den Tischen, an denen sie ohne wirklichen Überblick gleichzeitig spielen. Wenn sie verlieren, regen sie sich auf über diesen Wahnsinn, diese Unglaublichkeit! Ihre Frau am Nachbartisch hat den Ratschlag, die 12 zu legen, nicht befolgt, was das prompte Erscheinen der 12 zur Folge hat. Schuldbewusst holt sie Nachschub aus einem großen Schnappportemonnaie, in dem sie die Jetons verwahrt. Dazwischen wandert der Bär schwitzend zwischen Kasse und Tisch hin und her. Die 5! Aber nichts regt ihn wirklich auf, es stimmt ihn einfach nur fröhlich, mit von der Partie zu sein.

Von außen betrachtet mag diese Gemeinschaft wie das Beisammensein Stumpfsinniger wirken, wenn da nicht beim Aufschauen dieses gelegentliche Blitzen in den Augen wäre, ein kurzes Innehalten und unmerkliches Nicken, ein leise gemurmelter Gruß oder bloß ein unauffälliges Hallo mit der Hand ... Jetzt fällt mir auf, dass ich diese Zeichen und Gesten von meiner Kindheit her kenne. Von einer Art des Zusammenlebens, an das ich gewohnt war und an dem ich vielleicht noch immer hänge. Jenes seltsam verloren gegangene Gefühl einer Gemeinschaft, deren Regeln festgelegt sind, gegen die sich zu wehren sinnlos wäre. Aber all das, ohne dass die Menschen wirklich eng beieinander wären, ohne etwas voneinander zu wissen. Keine Verschworenheit.

Das Kasino ist kein Klub oder Geheimbund.

Allerdings sind mir die anderen Spieler mit der Zeit zu Vertrauten geworden. Ich bringe ihnen fast so etwas wie Zuneigung entgegen, diesen Märchenfiguren. Ja, mit der Zeit verwandelt sich jeder Stammgast in eine Märchenfigur, den Hüter einer Grotte oder Höhle, dazu verdammt, auf ewig in seinem Reich herumzulaufen, seine Schätze immerfort wiegend und streichelnd, blind und erregt, ohne Erinnerung an ein Draußen oder ein Davor, an das, *was früher einmal war.*

Was Bonaparte betrifft, habe ich ihn tatsächlich in einem unbeobachteten Moment ertappt. Es war spätnachmittags, plötzlich sah ich ihn. Er saß mit seltsam verknoteten Beinen auf einem Barhocker in einer Ecke des Restaurantbereichs und starrte vor sich auf die Wand, angestrengt und mit gleichzeitig leblosem Blick, während der Barmann am Tresen hinter ihm wegen des bestellten Kaffees nach ihm rief. Bonaparte hörte nicht, sein Blick war der in eine Erdspalte hinein, einen tiefen Schlund, in dem man sehr lange fiele, ohne je aufzuschlagen, jenseits von der Zeit und den Geräuschen um sich herum. Ein Verzweiflungsblick, den ich an ihm nicht kannte. Es war nicht das glühende, konzentriert-verschlossene Gesicht, mit dem manche Spieler alles um sich herum ausblenden, um die Kugel, den Croupier oder den Zufall in einer inneren Zeremonie zu behexen.

Bonapartes Blick, als er sich wieder gelöst hatte von dem Schlund, halb frostig, halb ironisch. Natürlich würde ich nie erfahren, was man in dieser Tiefe sah oder wie oft ihm das passierte.

Weißt du, was tödlich ist beim Roulette? Anstelle einer Begrüßung damals bloß diese Frage. Während er ein paar Jetons aus seiner Hosentasche geholt und klackend zu Häufchen aufgestapelt hatte. Wenn man anfängt, seine Umgebung mehr zu beobachten als das Spiel.

Später dann niemals wieder dieser Anblick. Genausowenig wie ich Bonaparte je an seinem Schreibtisch, das heißt bei der Arbeit, zu sehen bekommen habe. Und wenn er mich dabei antrifft, weil er plötzlich die Tür aufreißt oder nur Minuten vor seinem Erscheinen bei mir anruft, sodass ich jedes Mal durch die Wohnung stürze, um mich anzuziehen, zurechtzumachen oder irgendwelche Papierhaufen vom Boden zu sammeln, nimmt er von dem, was noch an Arbeit herumliegt, keine Notiz. Nicht, dass wir vor dem anderen absichtlich verbergen würden, was wir tun. Nur scheinen die äußeren Dinge mit unserem Zusammensein nichts zu tun zu haben. Die Beiläufigkeit, mit der Bonaparte aus einer herumliegenden Manuskriptseite ein Schiffchen faltet, ist keine Verachtung für das, was ich tue. Das Falten ist bloß eine Art Übergang, in eine andere Dimension hinein, was heißt: in unsere Wirklichkeit.

Auf Dauer gewinnt man. Roulette ist ein physikalischer Vorgang. Wieder die 31. Keine weiteren Einsätze mehr. Das gibt's doch nicht. Danke. Monsieur! Jeden Vorgang kann man berechnen, wenn ausreichend Daten zur Verfügung stehen. Der Zufall interessiert kaum. Warum sich mit einer Macht auseinandersetzen, gegen die man keine Chance hat? Die Kugel ist nicht unbeständig. Lass uns den Tisch wechseln, Hasenpfote kommt. Auf Dauer gewinnt man. Würden wir sonst so oft hingehen? Das Gefühl für Geschwindigkeit lässt sich trainieren. Man muss den Verlusten ausweichen, dann kommen die Gewinne automatisch. Wieder die 31. Keine weiteren Einsätze mehr. Das gibt's nicht. Nichts geht mehr. Danke! Danke! Monsieur! Auf Dauer gewinnt man. Gewinnen wir.

Die Erinnerung an die Leidenschaft kann heftiger sein als die Leidenschaft selbst.

Abgesehen von Zetteln oder alten Briefumschlägen mit irgendwelchen Zahlenreihen darauf, die er gelegentlich in meiner Wohnung zurücklässt, hat Bonaparte mir nie einen Liebesbrief geschrieben. Für ihn scheint das Thema geklärt. Das Scheitern in Liebesdingen, überhaupt das Hin und Her in dieser Hinsicht, erstaunt ihn bloß: Die Leute wundern sich, dass sie ausbleibt, die Liebe, dabei sind die meisten noch nicht mal in der Lage, einen Abend lang einen Roulettekessel intensiv zu beobachten. – Bonaparte.

Ich erinnere mich, ihm an diesem Abend mit einem schlichten Ja geantwortet zu haben. Dass er überhaupt das Wort benutzte, war schon genug. Sie zu gestehen, sie zu belegen und zu begründen hätte bedeutet, an seiner Behauptung, die Liebe sei leicht, zu rütteln. Vermutlich hat er recht, reden heißt sezieren. Weshalb er auch keine Romane zu diesem Thema liest. Und auch ich habe, seitdem ich Bonaparte kenne, mehr und mehr davon Abstand genommen. In den Romanen ist die Liebe kompliziert, alle Welt badet im Unglück der Liebenden. Wie auch das Roulette in der Literatur nur als Verirrung vorkommt. Entweder handelt es sich um Studien einer Entgleisung, um die Irrfahrt eines für alle Zeiten verdammten Individuums, oder das Spiel wird als Metapher missbraucht. Bonaparte zufolge liegt das daran, dass die meisten Autoren vielleicht gute Beobachter, aber nur schlechte Spieler sind. Was in seinen Augen gleichzeitig bedeutet: auch schlechte Liebhaber.

Wenn es stimmt, dass jede Liebe ein Ritual braucht, ist das Roulette das Ritual unserer Liebe (unmöglich zu sagen: *bloß* das Ritual dieser Liebe). Die Heftigkeit allerdings, mit der wir, von der Ostsee zurückgekehrt, anfingen zu spielen, hatte nichts mit einem solchen Ritual zu tun. Höchstens mit Kopflosigkeit. Damals sind wir vier oder fünf Monate lang an den Spieltisch gestürzt, wie elektrisiert von unserer Entdeckung, von uns. Ich erinnere mich, dass wir die lächerliche Absicht hatten, *immerfort* zu gewinnen, dass wir das Ausbleiben eines

Dutzend zählten, einer Kolonne, der Zero. Dass wir Zahlen fanden, die zusammengehörten (28, 29, 2, 4, 10, 25, 1) und andere, die wir *unselig* nannten (16, 23, 5), wir sprachen von *schlafenden Ziffern*, von *unseren* und immer wieder von der Zero. Wir hörten nicht auf, legten nach einem Gewinn weiter, automatisch und sinnlos, wie man nach dem Liebemachen noch ein wenig weitermacht, aus Trägheit, aus einem Pflichtgefühl heraus, ein Geplänkel, während man mit den Gedanken schon woanders ist.

Vor allem aber ist mir diese Zeit in Erinnerung geblieben als eine traumlose. Als hätte die Schallplatte der Phantasien einen Sprung, spielte ich nachts wieder und wieder die Bewegungen des Tages durch, zähe Wiederholungsbilder unter einer dünnen Schlafdecke. Mein Kopf kam über das Drehen des Kessels nicht hinaus, endlos lief die Kugel vor meinem inneren Auge im Kreis, sprang holpernd weiter und weiter, jedes Mal kurz vorm Liegenbleiben, das ich aber nie zu sehen bekam.

Meistens erwachte ich davon, dass mir die Sonne direkt ins Gesicht schien. Nach einer Weile merkte ich, dass es tiefste Nacht war und ich unter der eingeschalteten Schreibtischlampe eingeschlafen. Wie so oft trug ich noch meinen Rock, meinen Pulli, neben mir Zettel mit Zahlenfolgen darauf … Mit Kopfschmerzen, die von dem überhitzten Dachzimmer herrührten, löschte ich das Licht und zog mich aus. Im Dunkeln tastete ich nach Bonaparte, am anderen Ende des Bettes, die Brille, die er im Kasino trug, noch in der Hand. Sterbende oder zu Tode Erschöpfte, hatte ich einmal gehört, nehmen sich nicht selten in einer letzten Kraftanstrengung dieses Gestell aus dem Gesicht, bevor sie sich *dem Unausweichlichen überlassen.*

Vielleicht wäre alles sehr schnell vorbei gewesen, wenn wir so weitergemacht hätten. Vielleicht fürchtete sich Bonaparte auch ganz einfach davor, nein, langweilte ihn die Vorstellung, wieder und wieder auf Liebessuche gehen zu müssen. Fest steht, dass er irgendwann sagte, wir müssten aufhören damit, mit diesen Strapazen, und *vernünftig* werden. Tatsächlich haben die Wörter Blindheit, Flucht oder Sucht für uns nie gegolten. Höchstens vielleicht noch Besessenheit, meinetwegen, so Bonaparte jedenfalls damals.

Die Wiederentdeckung seiner Schlüsselbeinknochen, nach Wochen.

In jenem ersten Sommer fuhren wir oft raus zu einem weitläufigen, von künstlichen Hügeln durchzogenen Gelände, der Acker eines ehemaligen Landwirtschaftsbetriebes, auf dem man Häuser im amerikanischen Südstaatenstil errichtet hatte. Dazwischen eine grundlos gewundene Teerstraße, auf der man im Verkehrsgartentempo zu einer Golfplatzanlage gelangte. Von der Terrasse des Klubcafés aus konnte man die abgeschlagenen Bälle durch die Luft fliegen sehen. Bonaparte zufolge gab es keinen besseren Ort, um einem Rouletteabend entgegenzusehen. Hügel und Seen, leise Wägelchen, die über die limettengrünen Wiesen dahinziehen … Als wäre für ein paar Tage Waffenstillstand, ein künstlicher Frieden, nur noch heute und morgen vielleicht, aber bald schon wieder und für immer Krieg.

Es ist nie unsere Absicht gewesen, zu irgendeiner Gemeinschaft zu gehören. Die Leute auf dem Platz in ihrer einheitlichen Freizeitkleidung und mit ihren schwarzen Wagen, zwischen denen Bonapartes baufälliger Ford sofort auffiel, interessierten uns nicht. Allerdings inspirierten sie Bonaparte hin und wieder zu einem kleinen Vortrag. Ihm zufolge bemühten sich die Menschen viel zu wenig darum, von sich weg zu kommen. Dabei ging es um nichts anderes im Leben. Das Wichtigste der Welt, sozusagen oberstes Gebot, sei es, ein Bild von sich zu entwerfen, das überraschte. Es ging nicht um arm oder reich, sondern darum, etwas aus sich zu machen, was man eben gerade *nicht* gezwungen worden war zu sein, darum, gewissermaßen so unselbst wie nur möglich zu werden. Eine zugegeben schwierige Angelegenheit, da sie erstens ein Bewusstsein der Zwänge erfordere und zweitens einen Plan. Aber versuchen müsse man es. Im Grunde brauche man sich nur jemanden zu suchen, den man kopieren, imitieren konnte. Einen, der es bereits geschafft hatte. Dann lösten sich die eigenen Konturen von ganz allein auf. Allerdings hätten die meisten Menschen genau davor eine Heidenangst, was ihm vollkommen unverständlich war.

Vielleicht war das Bonapartes Art, über die Liebe zu reden, wenn er sagte, man müsse verschwimmen, sich auflösen. Ich weiß es nicht. Meine Versuche, ihm irgendein Zugeständnis hinsichtlich der Zukunft, *unserer* Zukunft, zu entlocken, sind immer gescheitert. Eine Zeitlang habe ich versucht, Fäden nach vorn zu spinnen, und ihm ein Rendezvous vorgeschlagen, in zehn oder fünfzig Jahren in Monte Carlo, wenigstens Bad Homburg. Ein Datum auf einem Zettel, den jeder von uns bei sich tragen würde. Er hatte immer mit einem Lächeln auf diese Versuche reagiert, dasselbe Lächeln wie auf dem Golfplatz, amüsiert und ein wenig mitleidig, als ich zurückgerannt war, um den liegen gebliebenen Bierdeckel zu holen, auf dem ich seine kleine Ansprache notiert hatte.

Gibt es das, dass eine Liebe keine Geschichte hat, nur einen Ort? Einen Ort, von dem alles ausgeht, das Reden, das Gelächter, die Liebe selbst?

Als ich mit diesen Aufzeichnungen begann, ging mein Ehrgeiz allein darauf, von diesem Ort zu erzählen. Nicht die Etappen einer Liebe, ihren womöglich tragischen Verlauf mit den Wendungen und Höhepunkten, sondern nur das, was diese Liebe wortwörtlich umgibt. Den Ort, an dem sie stattfindet.

Das trutzige und zugleich elegante Haus, an dem der Verkehr vierspurig vorbeiführt. Kein Kurpark, kein Meer. Wie übrig geblieben steht es am Straßenrand, mit seinem Schriftzug *Joker's World* über der Eingangstür, das beruhigende Licht einer Schutzhütte. Aber so falsch es wäre, das Kasino als einen Tempel der Verlässlichkeit zu bezeichnen (noch vor einigen Jahren war das Haus der Sitz einer Versicherungsgesellschaft, und davor, in kommunistischer Zeit, beherbergte es den ortsansässigen Künstlerverband), so falsch wäre es zu behaupten, es hätte nur diesen einen Ort für uns gegeben, feierlich und schweigsam, und alle anderen wären bedeutungslos. Als hätten wir uns nicht in unseren Wohnungen geliebt, in meiner, seiner, vor allem in seiner, auf der aufklappbaren Matratze, im Bett, auf dem Fußboden (seine vom Filzteppich blutig geschabten Knie, die er erst Minuten später verwundert betrachtete …). All das ist wahr und hat stattgefunden, drei oder hundert Mal. Und trotzdem. Ich bin nicht sicher, warum, ich weiß nur, würden wir nicht dort hingehen, ins Kasino, wäre es vorbei, für immer. Wir würden eintreten in eine normale Zeitrechnung. Die gewöhnliche Paarzeitrechnung, in der Anfang und Ende gelten, Angst und Überdruss. Dinge, die mit Bonaparte nichts zu tun haben.

Vielleicht ist das Ungewöhnlichste an ihm, dass ich das von Anfang an gewusst habe. Oder er dafür gesorgt hat.

Einmal habe ich das Gegenteil der gedehnten Zeit erfahren, den Überdruss in Zeitraffergeschwindigkeit. Es muss kurz vor Bonaparte gewesen sein. Es war im Ausland, ein Fotograf. Er reiste den Katastrophen des Erdballs hinterher, seine Aufnahmen von einstürzenden Häusern, Tsunamilandschaften oder Terror verwüsteten Siedlungen waren sehr gefragt. Er hatte mich in sein Gästeappartement eingeladen, wo wir nach einer kurzen, stummen Begrüßung sofort miteinander schliefen. Später, schon auf dem Rückflug nach Deutschland, fiel mir auf, dass er meinen gesamten Körper, vor allem den Hals und die Brüste, geküsst hatte, alles, bis auf meinen Mund. Was umso erstaunlicher war, da wir beide uns nicht die Mühe gemacht hatten, uns auszuziehen. Vielleicht hatte er das Gewühl durch die verschiedenen Lagen Stoff (es war Winter) als Herausforderung betrachtet, eine Art Sport, denn als es vorbei war, drehte er sein Gesicht zur Decke und sagte in beinah feierlichem Ton: Gib mir ein Adjektiv. Ich antwortete nicht sofort, ich wartete und betrachtete die Collage aus Ruinen und zerfurchten Gesichtern neben uns an der Wand. Schließlich sagte ich: Clever. Aber im selben Augenblick spürte ich, dass diese Antwort schon etwas mit der Lust zur Lüge zu tun hatte, die bereits in mir war. Deshalb drehte ich mich, schon im Gehen, noch einmal um und sagte: Stupid. Und dann, indem ich auf mich zeigte: Clever. Bis heute weiß ich nicht, warum ich englische Wörter wählte, wir sprachen beide Deutsch.

Mit anderen Männern habe ich immer *umstandslos*, wie mir jetzt seltsamerweise einfällt, geschlafen, als wäre der Körper des anderen ein Spielzeug, an dem sich ein bestimmter Mechanismus auslösen lässt. Eine Art Belustigung auf Zeit. Während Bonapartes Nacktheit erregend war. Auf selbstverständliche und langsame Weise erregend. Er konnte sich und seinen Körper vergessen, während er nackt vor mir im Zimmer auf und ab spazierte. Er brauchte meinen Blick nicht. So wenig wie die klassischen Zeremonien der Liebe. Wenn er merkte, dass die Situation nach einem Kuss, nach Blumen oder einer verschwörerischen Formel verlangte, verlor er meistens die Lust. Er wollte es anders. So sind wir, soweit ich mich erinnere, nie mit letzter Kraft in die Wohnung gestürzt und übereinander hergefallen. Und getrennt haben wir uns nie polternd oder in einem Wutanfall. Nur immer wie auf Zehenspitzen. Auf Zehenspitzen auf und davon, die Tür im Weggehen nur angelehnt, als wäre das, was verletzt, das Geräusch und nicht der Umstand des Gehens selbst.

Die Lücke, die einen vom anderen trennt, darf nicht zu groß werden. Es sei denn, der Wille ist stark genug, die Lücke auszufüllen, immer aufs Neue und dauerhaft. Möglicherweise ersetzt die Erinnerung auch irgendwann die Anwesenheit der Liebe. Die Erinnerung oder die Phantasie. Während der Wille mit der Zeit schlaff und schlaffer wird, zu einem ausgeleierten Ding.

Die Geschichten, die unsere Liebe, den Plan unserer Liebe, gefährden könnten, sparen wir aus. Das Unaussprechliche zwischen uns, das an den äußersten Punkten unserer Geschichte herrscht.

Einmal war es da, das Gift. Unfähig, auch nur ein sinnvolles Wort an den anderen zu richten, hockten wir nächtelang in der dunklen Wohnung auf dem Boden und warteten auf den Morgen wie auf eine Rettung. Darauf, dass das Unglück, diese Pest- oder Gaswolke, vorüberzog. Verbissen versuchten wir, uns wenigstens an den gewohnten Stellen zu berühren, aber es wurde nur ein Grapschen daraus, das der andere abwehrte wie eine Zumutung. Ich weiß nicht, warum wir uns damals, in diesem Zustand lähmender Verzweiflung, auf eine Vorweihnachtsfeier in eine Berliner Hinterhofgalerie begeben haben, vor uns einen Eimer mit Bowle, in dem überlange Strohhalme die Vorbeikommenden zum Trinken einluden. Zwischen den feierwilligen, wie überdrehten Gästen war unser Schweigen immer noch unerträglicher geworden. Irgendwann hatte Bonaparte die Flucht ergriffen. Bonaparte, der sich vor Stolz und Kummer nicht noch einmal an mir hatte vorbeidrängen wollen, zu der Kammer, in die die Mäntel, Mützen und Handschuhe geschafft worden waren, und der also nur mit Hemd und Hose bekleidet in die Dezembernacht hinausgelaufen war. Ich erinnere mich an die seltsam schneepralle Dunkelheit, draußen vor der Hofeinfahrt, wo ich auf ihn zu warten begann. Hinter den Häusern leuchtende Anzeigetafeln, Hotels, Elektronikkonzerne, Zeitungsverlage … Daran und an die verzweifelte Unwilligkeit, mit der Bonaparte sich eine oder zwei Stunden später an das eisige Hoftor fallen ließ, vor dem ich stand. Er hatte sich ins Kasino geflüchtet. Wie angestochen war er in das nahe gelegene Hotel gerannt, in dem es sich befand, hatte sofort Geld in Jetons getauscht, Geld, das er nur auf der EC-Karte hatte, und war zurückgerannt zu den Tischen, wo er in überspannter Planlosigkeit den Haufen Jetons ausgestreut hatte, zehn, fünfzehn Runden lang, so gut wie sämtliche Felder hatte er abgedeckt, ausgenommen ein halbes Dutzend Zahlen, die allerdings, als wolle ihn irgendwer mit Häme übergießen, eine nach der anderen gekommen waren. Die Wut über diese Unfassbarkeit trieb ihm Tränen in die Augen, die ihm nach einer Weile tatsächlich über die Wangen liefen, aber da längst vermischt mit den Tränen über all das, was sich an Wut und Verzweiflung während der vergangenen Wochen aufgestaut hatte. Bonaparte, noch immer im Hemd, ich eingepackt in meine Wintergarderobe, standen wir da, an ein Berliner Hoftor gelehnt, gegen das Bonaparte anschrie, als hätte er seit Jahrhunderten auf eine Gelegenheit zu diesem Ausbruch gewartet, auf einen Moment, der es ihm möglich machen würde, angesichts der verlorengegangenen Sprache, des Laufs der Welt und unserer Liebe in Tränen auszubrechen. Als ginge es immer nur so, über einen Umweg gewissermaßen.

Nichts, was wir sagen oder tun, lässt uns je wieder los. Ob Bonaparte eine Theorie über das Vergessen hat, weiß ich nicht. Zumindest aber eine Strategie des Ausradierens, des Tilgens, irgendetwas, das dafür sorgt, dass ihn nichts fortschwemmt, dass er derlei Dinge als einen Anfall abtun kann, über den sich hinweggehen lässt. Ganz so, als sei nichts geschehen, kann er plötzlich darüber reden, dass Hunderte, vielleicht sogar Tausende von Serien im Roulette stecken. Dass Spielen nichts weiter heißt, als sie zu erkennen. Es ist wie bei einem Vexierbild. Wenn du lange genug, vor allem aber: *anders* schaust, schält sich plötzlich ein Bild heraus. Eine Serie kann sich überall verstecken. Neben den allereinfachsten wie Rot oder Schwarz stecken kompliziertere in den Zahlenreihen. Wie eingehüllt in ein Etui, dessen Inneres nach außen gestülpt werden muss. Natürlich glaube ich, was Bonaparte sagt. Ich glaube ihm sogar, dass die interessanteste aller Serien das Chaos ist. Dass der Wechsel zwischen dem ersten, zweiten, dritten Dutzend, den Kolonnen, zwischen Gerade und Ungerade, Rot und Schwarz, dass gerade diese Wildheit das schwierigste und zugleich einfachste Prinzip ist. Und dass es manchmal die Erschöpfung ist, die einen erleuchtet.

In demselben Winter, in dem Bonaparte in der Schneeluft unserer Liebe nachgeschrien hatte, gewannen wir auf diese Weise. Es dauerte zwei oder drei Stunden, bis wir endlich begriffen, dass das Chaos die Serie war, der wir folgen mussten. Wir legten genau die Zahlen, die uns den Abend über in die Quere gekommen waren. Ließen sie gewissermaßen in einer Verkehrung der Welt gegen sich selbst arbeiten. Ein Risiko, eine unwiederholbare Albernheit, zugegeben, eine unmögliche, weil keine Strategie. Wir gewannen mit einem einzigen Dreh, auf der 16, eine uns sonst durch und durch verhasste Zahl.

Nur mit der Sicherheit in einem Traum zu vergleichen, wenn man es erfasst hat, *das Gesetz* – wenn man *weiß*, die Kugel kann nicht anders, als dorthin zu laufen, wo sie hinläuft. Kein Wissen der Welt reicht an das Wissen in dieser Sekunde heran. Höchstens vielleicht das von Liebenden, wenn zwischen wissen und fühlen kein Unterschied mehr besteht.

Im Gegensatz zu mir ist es Bonaparte nie wie ein Wunder oder Geheimnis erschienen, dass es beim Roulette keine Favoriten gibt. Dass für die Dauer eines Abends die 28 an einem Spieltisch komplett ausbleiben kann, fünfhundert, sechshundert Spiele lang, ihr Fehlen *insgesamt* gesehen aber keine Rolle spielt. Sie drängen auf Ausgleich, die Zahlen. Insgesamt gesehen. – Bonaparte. Nur derjenige, der wiederkäme, könne erleben, wie die Zahl versuchen würde, ihr Fehlen auszugleichen. Eine Art Aufholjagd, die allabendlich an sämtlichen Roulettetischen dieser Welt stattfindet. Laut Bonaparte beantwortet das Phänomen der Favoriten im Übrigen klar die Frage nach der Lernfähigkeit einer Gesellschaft. Lernt ein größerer Haufen Menschen – aus einem Krieg, einer Kraftwerksexplosion, der Verödung einer Landschaft? Natürlich. Aber nur für eine Weile. Eine, zwei, höchstens drei Generationen werden sich Mühe geben, werden sich und die Zukunft zu beeinflussen versuchen. Lernerfolge, Errungenschaften! Roulettespieler wissen, es ist nur eine Frage der Zeit, eine Frage der Anzahl an Spielen, bis die Welle zurückschlägt. Um die Schmähung, die Ignoranz oder schlicht das Vergessen zu sehen, dem jedes Gelernte nach einer Weile ausgesetzt ist, müsse man nur lange genug dableiben. Ja, dableiben. Ich wunderte mich, dass ausgerechnet er das Wort benutzte. Als wäre es das Selbstverständlichste auf der Welt.

Ich möchte mit dir zusammen glücklich sein, sage ich zu Bonaparte.

Ja, das Glück, sagt Bonaparte.

Dann sage ich den Satz noch einmal, zuerst auf Französisch, danach auf Russisch. Auch ich bin dazu übergegangen, meine Gefühle hin und wieder parodistisch auszudrücken. Weil Bonaparte tatsächlich lacht, frage ich gleich noch auf Englisch hinterher, was Glück überhaupt sei. Auf diese Weise versuche ich, ihn in ein weiteres Gespräch zu verwickeln. Ich habe noch nie einen Vormittag mit Bonaparte verbracht. Er sitzt, bereits vollständig angezogen, in meinem Schaukelstuhl, und ich merke seine Ungeduld. Gleich wird er aufstehen, zur Tür gehen und seine Hand dabei wie beim Telefonieren ans Ohr legen. Die übliche Versicherung, dass wir in Verbindung bleiben. Ich werde mich in die Badewanne legen, ganz leicht den Hahn aufdrehen und warten, bis das Rinnsal die Wanne bis unter mein Kinn gefüllt hat.

Wenn es eine geheime Macht gab, die für Gerechtigkeit sorgte, musste man dann im Grunde nicht bloß eine Zahl finden, die für lange Zeit abgetaucht war, und den Moment abpassen, in dem sie wieder auf der Bildfläche erschien? Noch leichter, dachten wir, ginge es mit einem Dutzend, das höchstens, allerhöchstens sechzehn Runden lang schläft. Wir haben gewartet, bis sich eines Abends an einem der Tische in dieser Hinsicht etwas tat … Einen Moment lang zögerten wir (nie zu früh beginnen!), bei Runde elf stiegen wir ein.

Mag sein, dass auf lange Sicht gesehen der Ausgleich regiert, über den einzelnen Abend herrscht das Wunder.

Es vergingen sechs oder sieben Runden, vielleicht auch acht.

Um den Verlust auszugleichen, legten wir zusätzlich zum Einsatz noch die verlorene Summe dazu. Da wir unserer Sache sicher waren, spielten wir mit Fünfzigern. Ich weiß nicht mehr genau, ob es nach zwanzig oder zweiundzwanzig Runden war, dass Bonaparte und ich in eine Art Konfusion gerieten, ein hektisches Wirrwarr, eine Mischung aus Wut und Panik, die mich plötzlich auf Kolonnen ausweichen und schließlich sogar auf Rot oder Schwarz setzen ließ, während Bonaparte noch immer zu vervielfachen versuchte, wofür ihm aber längst das Geld fehlte. Ich weiß nicht einmal mehr, wann das dritte Dutzend tatsächlich auf der Bildfläche erschienen war. Nur dass es zu spät war, daran erinnere ich mich.

Während ich uns im Gewinnen immer als Verschworene, Liebesverschworene gesehen habe, des wortlosen Aufteilens des Geldes wegen, am Ende eines Abends, einer Nacht, am besten im Innenraum eines Autos, wo im Dunkeln die Scheine hin- und herwandern, machte uns dieser Abend beinahe zu Gegnern. Wie taumelnd hatten wir an den Angestellten vorbei den Spielsaal verlassen. Stumm wie nie standen wir noch lange in der sommerlichen Nacht vor der Eingangstür. Unentschlossen, als hätten wir das beschwingte, heitere Zusammengehen für die nächste Zeit verwirkt.

Es geht nicht ums Geld. Natürlich geht es ums Geld. Bonaparte: Vor allem geht es darum, es *eventuell* zu besitzen. Roulettespieler sind Menschen der Möglichkeit. – Bonaparte.

Dies hier ist keine Verteidigungsschrift. Bonaparte und ich, wir müssen uns nicht gegen Vorwürfe oder entrüstete Blicke wehren. *Es ist schade um die Zeit, die darauf verwendet worden ist*, hatte noch vor sechzig Jahren ein Hamburger Richter zum Roulette-König Deutschlands gesagt. Die Titelgeschichte einer uralten, abgegriffenen Ausgabe des *Spiegel*, der in Bonapartes Wohnung wochenlang aufgeschlagen herumgelegen hatte. Benno Winkel. Sich als ausgewachsener Mann mit einer brotlosen Kunst wie dem Roulette durchs Leben schlagen! Die Verachtung muss den Angeklagten damals angeweht haben wie ein frostiger Wind. Woran er offenbar gewöhnt war. Stumm, so der Artikel, habe er den Hohn der Schaulustigen zur Kenntnis genommen. Auf dem Weg in den Gerichtssaal hatte ein Reporter ihn gefragt: Sind Sie ein Rebell? (Es war die Zeit Camus'.) Winkel: Was ist ein Rebell? Der Reporter: Ein Mensch, der nein sagt. Aber ein Spieler ist ein Mensch der Lust, hatte Winkel erwidert. Und Lust heißt ja! sagen. Danach kann ein Spieler also niemals ein Rebell sein. In dem Artikel fand sich der Hinweis, Winkel habe zur Gerichtsverhandlung seine Krawatte nicht wie sonst knotenlos aus dem Hemdkragen baumeln lassen, sondern sie ordentlich gebunden getragen. Während der Verhandlung hatte er sich nicht zu verteidigen versucht. Als der Richter behauptete, man könne mit Systemspielen nicht gewinnen, hatte Winkel verschwiegen, dass er seit Jahren von nichts anderem lebte. Sollten die Leute glauben, er habe Glück gehabt. Glück! Erst als ein extra engagierter Mathematikprofessor zu beweisen versuchte, sein Ernährungssystem, das er den Leuten verkaufen wollte, sei schlichtweg Blödsinn, war Winkel aufgesprungen. Eine beständige, kleine Nebeneinnahme habe er garantiert, ja, aber die Leute wollten zu viel und in viel zu kurzer Zeit! Man hole sich sein Geld beim Roulette nicht ab wie am Schalter einer Bank. Wegen des Ernährungssystems stand er vor Gericht. Versuchter Betrug. Winkel selbst muss gewusst haben, dass sie ihm in Wirklichkeit den Eisbären verübelten, mit dem er sich hatte fotografieren lassen, die Schauspielerinnen um ihn herum, den Turban, den er gelegentlich trug und den er selbst vielleicht nicht für lächerlich, aber doch für eine Nebensächlichkeit hielt. Die Leute sehen, was sie sehen wollen. Was verstanden sie darunter, wenn sie sagten, es gäbe etwas Besseres zu tun? Wofür schonten sie sich, übten sie Besonnenheit? Sie wissen nichts, muss er gedacht haben, von Wahrscheinlichkeitsrechnung und den Gesetzen des Zufalls. Wie es ist, wenn man das Muster erkennt. Und nichts davon, dass man die Menschen anders ansieht, wenn man sie nachts von einem Dachfenster aus in den beleuchteten Straßen beobachtet … Stattdessen Empörung und Feindseligkeit. Schließlich war ihm nichts weiter eingefallen, als dem Richter seine

Statistiken zu präsentieren, meterlange Kurvenblätter, die er aus seinem Koffer hervorgeholt und ans Publikum gerichtet in die Höhe gehalten hatte. Unruhe, vereinzelt Gelächter, so der Journalistenkommentar. Winkel hatte keine Miene verzogen. Vermutlich war es ihm ganz einfach sinnlos erschienen, sich diesen Ahnungslosen erklären zu wollen. Die Presse hatte schon vorab geurteilt: eine Beschäftigung, weder nützlich noch gesund. Verplempern, vertun, vergeuden, immer dieselben Wörter.

Er war freigesprochen worden. Der Richter hatte ein Einsehen gehabt, wenn er auch bloß den jahrelangen Fleiß hinter den Statistiken zur Urteilsbegründung heranzog, ihm das Wesentliche also entging. Ich stelle mir vor, wie sich Benno, Benno Winkel, draußen vor dem Gerichtsgebäude die Krawatte abnimmt, sie in die Tasche seines Jacketts stopft und zum Parkplatz geht, wo er, ohne loszufahren, in seinem Wagen sitzen bleibt. Ein *teurer* Wagen, würde morgen in der Zeitung stehen. Die Leute sehen, was sie sehen wollen. Über ihm am Himmel segeln schreiend ein paar Möwen. Die gleichen durchdringenden Schreie, die Bonaparte und ich hören, wenn wir nachts aus dem Kasino in unserer Stadt kommen und an der nahe gelegenen Dampferanlegestelle stehen bleiben. Die gleichen Vögel, während die Entrüstung verflogen ist. Die

Zeiten haben sich geändert. Oder sie sind die gleichen geblieben… *Mir ist die Zeit nicht zu schade, dies ist der einzig mögliche Sinn meiner Zeit,* hatte Winkel dem Richter zum Abschluss geantwortet.

Ich sage *unsere* Stadt. Aber ich erkenne sie nicht mehr. Inzwischen ist sie wieder die alte geworden. Die breiten, ehemals zugigen Magistralen sind zu normalen Fahrwegen verschmälert und zugeschüttete Wasserläufe, Wege und Schneisen freigelegt worden. Die Kulturhalle hat man weggerissen, auch mehrere Großraumgaststätten, den Omnibusbahnhof und das Haus des Reisens. Aus den darunterliegenden Steinresten hat man nach historischen Vorlagen das alte Schloss, den sogenannten Lustgarten und zwei Kirchen errichtet. Es ist eine Art wütende Sucht. Als sei das definitive Ende der Geschichte nun wirklich da, die Zeiten der Verirrung ein für alle Mal vorbei, und als müsse die Stadt, diese albern-monströse Ansammlung von Kulissen, in einem letztgültigen Zustand übergeben werden.

Seltsamerweise tut mir nichts davon leid. Im Gegenteil. Die Veränderungen, *dieser Prozess*, haben etwas Lachhaftes an sich, etwas ähnlich Absurdes jedenfalls, das inzwischen auch den Veränderungen in unserem eigenen Leben anhaftet, meinem und Bonapartes Leben. Als hätte sich nach und nach etwas Hämisches ins Erinnern geschlichen.

Konnten wir uns überhaupt noch ernsthaft erinnern? Zum Beispiel daran, dass Bonaparte vor gut zwei Jahrzehnten noch im Ural gehockt hatte, nein, nicht gehockt, er hatte sich monatelang mit der steif gefrorenen Erde und dem Morast an den Hängen des Gebirges herumgeschlagen, um bei dem Bau einer Erdgastrasse, einem Jahrhundertbau, wie es damals geheißen hatte, mitzuhelfen – was hatte das inzwischen zu bedeuten? Das und die Tatsache, dass er sich für diesen Einsatz bereitwillig hatte rekrutieren lassen, nachdem er ein halbes Jahr lang ratlos als Lehrling für irgendeinen technischen Beruf in einem Werk am Rande der Stadt die Tage abgesessen hatte, zu einer Zeit und in einem Land, in dem immer alles am Rande gewesen war, sogar die Produktionshalle: am Rande des Werkgeländes gelegen, nahe am Zaun, wie ausgelagert schon, eine Halle, in der die Produktion nur noch nachgespielt worden war, irgendwelche Stuben, in denen Teile von Rasensprenklern gefertigt wurden, die allerdings, so Bonaparte später zu mir, scheinbar verwendungslos auf ewig dort lagen und nie abgeholt wurden, sinnlos in Container geschichtet und am nächsten Tag von ihm wieder herausgeholt und umgeschichtet, sodass er sich bei der erstbesten Gelegenheit eine Rede erdacht hatte, die vor der Werksleitung seinen Eifer für den Bau der Erdgasleitung in der sonst unerreichbaren Sowjetunion und deren Bedeutung für den Weltfrieden bekunden sollte, mit Erfolg, während er bei seiner Rede doch immer nur: Raus! Raus hier! gedacht hatte, wie natürlich auch an das Geld, das mit der Plackerei im Schlamm zu verdienen gewesen war. Das Bild Bonapartes in einer zugigen Baracke irgendwo zwischen Perm und Jekaterinenburg, in der er für die Unterhaltung der von Heim- und Fernweh gleichermaßen grimmig und gefügig gewordenen Schweißer, Monteure und Bauarbeiter eingeteilt worden war ... Nachrichtensendungen, Bibliothek, Kino, vor allem aber immer wieder Tanz. Keine Tische beim sogenannten Steher, auch keine Stühle, nur ein kahler Raum, so Bonaparte, der Speisesaal, in dem schon nach wenigen Minuten alles tanzte, tanzen *musste*, irgendwo im Ural.

Dieses Bild, es war inzwischen so fern, so unwirklich wie die Erinnerung an den Morgen im letzten Jahr meiner Schulzeit, an dem ich – eher aus Langeweile denn aus Wagemut – in Badelatschen zum Unterricht erschienen war, dazu einen Plastikbeutel statt der geforderten Mappe unterm Arm, Dinge, die für sich betrachtet vermutlich nur als unverschämt gegolten und einen Verweis nach sich gezogen hätten, wenn nicht der Beutel mit einem Schriftzug versehen gewesen wäre, der mich als Gegnerin von Grenzen, Mauern und – wie es im Englischen geheißen hatte – Barrieren auswies, was dazu führte, dass ich, noch im Vestibül des Schulhauses, sofort zum Direktor bestellt wurde. Ein für gewöhnlich müder, alter Mann, der aber angesichts meiner Aufmachung und der englischen Parole auf dem Beutel hinter seinem Schreibtisch hochfuhr und zornig zu mir herüberstotterte: Sie ... Sie ... Individuum!, um mir daraufhin zu versichern, dass ich meinen Wunsch, Fremdsprachen zu studieren, ausgerechnet Fremdsprachen!, nun auf ewig an den Nagel hängen könne, ja, *an den Nagel*! Es hatte nichts genützt, mein stundenlanges Verschanzen gleich darauf auf der Schultoilette, und auch keine Beteuerung meinerseits, mit der ich in einem verspäteten Schrecken alles zurücknahm, Badelatschen und Beutel, all das sollte von nun an und für alle Zeit verbannt sein aus meinem Leben ...

Vielleicht ist der einzige Grund für die Liebe heutzutage tatsächlich der, dass man ein gleichartiges Wesen braucht, um seine Vergangenheit, also sich selbst, nicht zur Erfindung werden zu lassen.

Manchmal sprachen Bonaparte und ich von diesen Dingen. Leise lachend stehen wir auf dem winzigen Austritt, der zu seiner Wohnung gehört. Um uns die Nachtluft. Gegenüber, in der vom Flutlicht beleuchteten Sportanlage fünf oder sechs Jogger, stumm und gleichmäßig ihr Pensum absolvierend. Wenn er frei gehabt hatte, sagt Bonaparte, vom Schlamm und der Enge auf dem Sechs-Mann-Zimmer, dem Trassenkoller, dem jeder erlag irgendwann, war er in den Wald gegangen, den Wald, der plötzlich blühte, für drei, höchstens vier Monate im Jahr, hellgrünes Moos und Birkenstämmchen. Märchenwald. Die schönste Zeit des Lebens, hatte er sich vorgenommen, würde er nach seiner Rückkehr den Daheimgebliebenen erklären. Die schönste Zeit, ohne spöttischen Unterton. Aber als er dann zurückgekehrt war, war das halbe Land dabei gewesen, in Richtung Westen aufzubrechen. Auf dem Bahnhof in Berlin hatte ein Trupp junger Männer ihm aus dem abfahrbereiten Sonderzug bierselig zugewunken und ihn eingeladen mitzukommen. Als Bonaparte antwortete, er sei gerade erst angekommen und hier zu Hause, rief einer der Männer, das bedaure er aufrichtig. Das Lachen der Umstehenden, bevor sich der Sonderzug unter Jubelgeheul in Bewegung gesetzt hatte. Plötzlich in eine vollkommen andere Zeit gerutscht, ohne wirklich zu verstehen, wie er da hineingeraten war. So wie auch ich damals, genauso urplötzlich, aufgewacht bin in einer anderen Realität, eine Realität, die mich erlöste von dem Gestottere des Direktors, den Mahnungen, Warnungen, den abgepressten Geständnissen. Eine eigentümliche Windstille. Wir hatten die Geschichte nicht mehr im Nacken gehabt wie ein uns jagendes Tier.

Jedenfalls war das Gefühl verschwunden, sie würde uns hetzen. Die Zeit strebte nicht mehr vorwärts. Als wäre dieser mächtige, gradlinige Strom in ein Delta gerauscht, wo er in einem Gewirr aus tausenden Nebenarmen von nun an harmlos und besänftigt dahintrieb.

Die Zeit war plötzlich einfach nur *da gewesen*.

Aber ich rede in der Vergangenheit, als wäre der Zustand nicht noch derselbe.

Ich hatte mich wiedergefunden am französischen Mittelmeer, in allen möglichen Gegenden der Welt. Reisen … eine Zeitlang hatte das sogar geholfen. Damals wusste ich noch nicht, dass man sich an sein bisheriges Leben in der dritten Person erinnern kann. Dass es nach und nach fremd werden würde. Die Vergangenheit mochte vielleicht nicht tot sein, aber sie wurde lächerlich, taugte nur noch dazu, in einem Album der Kuriositäten verwahrt zu werden. Die vergangenen Dinge, die Bonaparte und ich uns erzählten, hatten mit unserem Leben in der Gegenwart nicht das Geringste zu tun. Sie hatten zu nichts geführt, wirkten vom Heute aus betrachtet seltsam *unnütz*, ein skurriles Anhängsel, die Erinnerungsreste eines peinlichkomischen Traums. Wenn sie einem wieder einfielen, weil man ein Foto oder einen Brief in die Hände bekam oder etwas darüber las, war es jedes Mal, als entdeckte man eine herausstehende Rippe oder hochstehende Braue an sich, eine Art Verwachsung, eine Abnormität, die man schon fast vergessen hatte. Eher Heiterkeit als Entsetzen, wenn man darauf stieß.

Seltsame Unschlüssigkeit, wenn das Lachen über diese Erinnerungen verflog.

Damals sei er nicht auf die Idee gekommen, sagt Bonaparte auf dem Austritt und kippt den Rest seines Biers in die Hecke unter uns, aber das Geld, das er an der Trasse verdient hatte, hätte sich im Kasino gut gemacht. Stattdessen hatte er es in ein Studium der Geschichte investiert. Investiert oder verpulvert. Später habe er oft den Eindruck gehabt, aus einer Art Trotz studiert zu haben. Als hätte er ihr auf diese Weise eins auswischen können, der Geschichte, die ihn, wie er damals meinte, irgendwie überrumpelt hatte. Ein Racheakt, gewissermaßen. Er hätte natürlich auch Zahnarzt werden können, Klempner oder Ingenieur, damals, *als alles allen offenstand*. Aber das wäre ähnlich lächerlich gewesen, wie ihm seine Trotzhaltung jetzt, im Nachhinein, lächerlich vorkam. Gut möglich, so Bonaparte, dass wir die meisten Dinge noch immer so taten. Aus Trotz, nicht Widerstand. Ob bis an unser Lebensende, darauf wollte er sich nicht festlegen. Wie dem auch sei. Das Trassengeld hätte ein volles halbes Jahr gereicht, um systematisch zu spielen. Im großen Stil. Mit langem Atem sich wellenförmig vorspielen. Oder alles verlieren, sage ich lachend. Oder alles verlieren, bestätigt er achselzuckend. Aber damals sei er wie alle Welt noch ahnungslos gewesen, in Bezug auf das Geld und alles andere. Ahnungslose Angsthasen, wir!

Seine weiß blitzenden Zähne, wenn er im Dunklen lachte.

Ich habe nie erlebt, dass er etwas bedauerte. Bestand die Gefahr, wechselte er ganz einfach das Thema oder wandte sich ab. Wie bei Verfolgungsjagden im Trickfilm verrammelte er blitzschnell sämtliche Türen, durch die Schmerz und Trostlosigkeit hätten hindurchsickern können.

Deshalb glaube ich auch nicht, dass es Trauer war, das ich an ihm gespürt habe, als er einmal zurückkam von der Auflösung eines Archivs. Eines Archivs oder einer Bibliothek, in einem dichtgemachten Wissenschaftsinstitut. Höchstens eine Art Neid vielleicht, Neid auf die Vergangenheit. Während er sonst kein Aufhebens um das machte, was er tagsüber tat, wollte er diesmal, dass ich erfuhr und verstand und beurteilen konnte, was er erlebt hatte, und ich sah alles sehr deutlich: die Tausenden Bücher, Meter um Meter, die die Helfer aus den Regalen holten und zu großen Haufen zusammenwarfen, Politische Ökonomie, Historischer Materialismus, Gesellschaftswissenschaft, Arbeitergeschichte, Friedensforschung, Politische Philosophie, eine, wie es Bonaparte vorgekommen war, *Chronik sehr ferner Zeiten*, in die niemals mehr jemand hineinlesen würde, ein Gebirge aus vergilbten, groben Seiten, viele mit Anmerkungen und Unterstreichungen versehen. Herleitungen, Argumentationen, Gesetzmäßigkeiten, Zukunftsaussichten. Ein halbes Jahrhundert Gedankenarbeit, die nichts mehr taugte. Dabei beklagte Bonaparte nicht die ungezählten Jahre vergeudeter Lebenszeit, nicht das närrische Ringen um die *richtige* Zukunftsaussicht, auch um das Papier schien es ihm nicht leidzutun. Was ihn mit traurigem Neid erfüllte war die Unbedingtheit, mit der all diese Schriften verfasst worden waren. Nur wer glaubt, sich unendlich in die Zukunft hinein verlängern zu können, ist fähig zur Unbedingtheit. Die Verfasser, so Bonaparte, waren allesamt »Nochisten«. Sie hatten ihr ganzes Leben in einem beständigen Davor gelebt. *Noch* waren ihre Visionen und Voraussagen nicht eingetroffen, *noch* waren die Menschen, war die Welt nicht so weit, *noch* befand sich alles in einem Übergang. Kaum mehr vorstellbar, dass man einmal in einem Vorgefühl auf etwas hatte leben können. Und dass ein Gefühl vollkommen verschwinden kann. Verschwinden aus den Leibern, den Köpfen, den Seelen wie die Dinosaurier von der Erde. Allerdings sind die Dinosaurier nicht bloß ein Intermezzo gewesen, so mein Einwand damals, sie beherrschen die Geschichte, rein zeitlich gesehen. Jedenfalls *noch*.

Auf meiner ersten Reise ans Mittelmeer hatte ich Männer gesehen, die im Schatten von Olivenbäumen oder auf den Stufen ihres Hauses die Perlen eines falschen Rosenkranzes kneteten, was, wie ich später bei einem französischen Zeichentheoretiker las, kein wirkliches Beten sei, sondern *das aktive Emblem des Nichtstuns*. Jetzt fällt mir ein, dass Bonaparte auf der Konferenz mit dem imaginären Rauch auch den Satz ausgehaucht hat, es könne um nichts anderes gehen als darum, die Zeit angemessen herumzubringen (er hatte tatsächlich *angemessen* gesagt). Vielleicht, so denke ich jetzt, ist unsere Leidenschaft fürs Roulette tatsächlich nie etwas anderes gewesen als eine Form des Ausharrens. Eine Art, die Zeit zu überstehen, am behaglichsten aller Orte.

Am liebsten waren mir immer Kasinos, in denen man hinauf muss. Über eine breite geschwungene Treppe oder besser noch mit dem Fahrstuhl, zum Beispiel in den siebenunddreißigsten Stock eines Hotels am Alexanderplatz, wo man in die zauberhafte Unwirklichkeit der in blaues Licht getauchten Räume tritt. Dagegen ist die glaspalastartige Spielhalle am Potsdamer Platz ein Aquarium, in dem alles wild herumschwirrt, was sie Bonaparte von Anfang an verhasst gemacht hat. Der prächtige Palast von Monaco ist golden und so hoch, dass man die Jetons leicht aus den Augen verliert. Auf Malta liegt das Kasino elegant auf einem Felsvorsprung über dem Meer, erinnert drinnen allerdings an den verräucherten Großraum einer Diskothek. Und in Venedig, wohin ich Wochen oder Jahre nach Bonapartes Abreise gefahren bin, verströmt der Spielbank-Palazzo den Charme eines sozialistischen Kulturhauses. Aber egal, wie diese über den ganzen Erdball verstreuten Häuser auch daherkommen mögen, sie gleichen sich alle in einem Punkt: Mit ihren überschaubaren Regeln, den uhren- und also zeitlosen Interieurs, ihren samtenen Abpolsterungen gegen das Draußen sind sie die sichersten Orte der Welt.

Nur ganz selten ein Fenster. Manchmal dringt das Sirenengeräusch einer Feuerwehr, eines Rettungswagens oder der Lärm eines Flugzeugs von draußen herein. Ich erinnere mich an einen Moment, in dem all das einmal gleichzeitig stattfand und sämtliche Spieler plötzlich lauschend innehielten. Die Vorstellung, da draußen hätte soeben ein Ereignis von weltgeschichtlicher Bedeutung eingesetzt, ein Aufruhr, ein Krieg oder eine Revolution. Gleich würde hinter den Alarmsignalen Protestgeschrei von der Straße her laut. Einer nach dem andern verließen die Spieler allmählich die Roulettetische (selbstverständlich nicht, ohne zuvor ihre Jetons sorgfältig in Jacken- und Hosentaschen zu verstauen) und träten vor die Tür des Kasinos. Uralte Tiere, die aus ihrer Höhle kommen, um der vorbeiziehenden Meute zuzusehen, die in ihren Augen aber bloß eine Prozession der Aktualität wäre. Ein Tumult, der vorübergeht irgendwann.

Auch wenn ich den Eindruck habe, ich hätte Bonapartes Gesicht beim Abschied gestreichelt – es ist nicht der Fall. In Wirklichkeit bin ich an dem Tag, an dem er abgereist sein muss, mit meinem Vater Richtung Norden, ins Havelländische Luch gefahren. *Er* war es, dem ich über die Wange gestrichen habe, während wir in dem gemieteten Auto saßen und zusahen, wie sich die Kraniche für ihren Winterzug sammelten. Schweigend hatten wir in die Morgendämmerung geblickt, auf das Feld, auf dem zehn- oder zwanzigtausend Kraniche ihr Gefieder freischüttelten. Aus der Entfernung glichen die dicht an dicht hockenden Vögel der regengrauen Oberfläche eines Sees. Mein Vater würde darauf warten, dass dieser See in Bewegung geriete, was Tage dauern konnte. Gewisse Rufe, ein Tänzeln, Zeichen für den bevorstehenden Abflug der Tiere nach Frankreich, später Spanien.

Nicht die Tür, hatte er mir mit einer Geste bedeutet, als ich aussteigen wollte, um mir die Beine zu vertreten. Die Vögel hatten eine Fluchtdistanz von mindestens dreihundert Metern. Ich blieb sitzen und sah meinen Vater an, der durch einen Feldstecher schaute. Ohne dass einer der Kraniche aufgeflogen wäre, zeigte er plötzlich in den Himmel. Ich sah, wie er unter dem Feldstecher lächelte; unwillkürlich strich ich ihm über die unrasierte Wange, meinem Vater, den ich sonst nie berühre. Ich weiß nicht, ob diese Geste aus einem Bedauern kam oder tröstend sein sollte. Vielleicht habe ich auch geahnt, geahnt oder gewusst, dass Bonaparte ebenfalls dabei war, aufzufliegen, und die Geste galt in Wirklichkeit mir selbst. Diese kurze zärtliche Handbewegung, die mir an dem Tag als etwas sehr Kleines, Letztes vorkam.

Später hatten wir uns getrennt. Während ich meinen Vater zurückließ in einer der umliegenden Kranichpensionen, war ich weitergefahren. In der Nähe lag Fehrbellin, wo vor dreihundert Jahren das Heer der Schweden vernichtet worden war. Auf Schautafeln ließ sich dieses wichtigste Ereignis in der Geschichte des Ortes nachlesen. Anders als auf den Fotos, die der Fotograf mir zugeschickt hatte, war die Landschaft jetzt winterkahl und vollkommen leer. Selbst in der neugebauten Reihenhaussiedlung, etwas außerhalb, neben der ich das Auto stehen ließ, schien niemand zu wohnen. Ich war bis zu einem schilfumstandenen See gelaufen. Die meterhohen Schilfrohre, stumm und bedrohlich wie Bajonette, zwischen denen die Schweden herumgeirrt waren. Verschreckt und orientierungslos, bevor sie mitsamt Karossen und Geschützen im Wasser versunken waren.

Natürlich hätte es vollkommen gereicht, wenn ich mir die Aufnahmen angesehen hätte, die der Fotograf mir vom See und einer Anhöhe geschickt hatte.

In Wahrheit wollte ich mich, wenn ich hier in der Schilflandschaft und auf dem Acker herumlief, nicht an die Schlachten erinnern, sondern an Bonaparte und mich. Es ist wahr, ich erinnere mich an Monaco oder Baden-Baden, aber noch lieber erinnere ich mich an unsere seltenen Ausflüge in die Umgebung. Überlandfahrten ins märkische Land, bei denen wir manchmal nur wegen des Namens in einem Ort hielten: Katerbow, Naschholz, Fehlefanz … Es muss im Sommer gewesen sein (Bonaparte im Hemd), vor zwei oder zweihundert Jahren, Bonaparte war gerade von einer Tagung oder irgendeinem Aktenstudium in Kaliningrad zurückgekehrt, als ich im Atlas auf ein Dorf namens Königsberg gestoßen war, keine hundert Kilometer entfernt. Wir waren hingefahren. Neben einer Kirche aus Feldstein hatte eine Frau mit einem Rechen hastig den Vorgarten ihres Hauses geharkt. Als Bonaparte ausstieg, um mit ihr zu sprechen, harkte sie noch hastiger, als solle sie diese Beflissenheit vor jeglichem Kontakt schützen. Wahrscheinlich hielt sie uns für Fremde. Ich hatte Lust, der Frau zu erklären, dass es in Wirklichkeit keinen Abstand gab, dass wir uns auskannten mit dieser Ruhe, diesem süßen Frieden der Ausweglosigkeit, der der Frieden unserer Kindertage, ja eines ganzen Landes gewesen war. Wie leicht es gewesen wäre, *immer so weiter zu leben*, in einer abgezirkelten, starren Welt aus Vorschriften: Man hätte sie einfach im Stillen verflucht. Und sich nach etwas anderem gesehnt. Eine Sehnsucht, die einem womöglich sogar sinnvoll erschienen wäre.

Es hatte zu regnen begonnen, und wir waren in Schrittgeschwindigkeit durch den lang gestreckten Ort gefahren.

Hinter ein paar Tannen stand ein verlassenes Gebäude, groß und in seiner Modernität unpassend für ein Dorf, die ehemalige Schule für Lehrlinge eines Landwirtschaftsbetriebes, wie neben dem Eingang zu lesen war. An einer Seitenwand des Hauses prangte noch ein Mosaik – Kinder mit Halstüchern, Frauen mit Getreideballen, Männer auf Traktoren, Tauben. Seltsame Feierlichkeit beim Anblick dieser Zeichen einer untergegangenen Welt … Wieder kam mir das Wort Frieden in den Sinn, aber nicht der Frieden der Ausweglosigkeit; ich dachte daran, wie alte Menschen Frieden denken, als an eine ferne, märchenhafte Zeit.

In einem Bushaltestellenhaus hatte ein Mädchen gesessen, ohne dass klar gewesen wäre, ob es hier tatsächlich noch Busverkehr gab. Vielleicht war sie auch nur dort hineingeflüchtet vor dem Schauer, aus dem ein mächtiger Landregen geworden war, als wir an einem Feldweg hielten. Zwischen den trägen Bewegungen des Scheibenwischers zerfloss die Welt vor unseren Augen, der Weg mit dem Baum, das angrenzende Feld, zerspült von dem fetten, rauschenden Regen, der auf dem Autodach über uns niedergegangen war.

Jetzt fällt mir ein, dass weder Bonaparte noch ich jemals von einem Leben auf dem Land geträumt haben. Während die meisten Menschen um uns herum davon schwärmten, haben wir diese Idee immer abgewehrt. Damals im Wagen, wo wir das Ende des Regens abwarteten, hatten wir die Dinge aufgelistet, mit denen man sich unweigerlich befassen müsste, besäße man ein Haus auf dem Land, löchrige Dachrinnen, Brennnesseln, gefrierende und im Frühjahr platzende Rohre, Jauchegruben, verstopfte Kamine. Ich weiß nicht, ob einer von uns beiden das Wort Bürde ausgesprochen hat. Vielleicht haben wir uns auch still, so wie es unsere Art war, darauf geeinigt, dass ein Haus, ein Bungalow, ein Garten für uns nicht in Betracht kam. Dass solche Dinge eine Belastung waren, eine Belastung, die einen davon abhielt aufzubrechen, wegzugehen, einfach von allem abhielt, was noch käme.

Was noch käme.

Auf der Rückfahrt war uns in der Finsternis ein Uhu entgegengekommen. Seine Flügel hatten die Windschutzscheibe des Wagens vollkommen bedeckt. Wie mit letzter Kraft drehte er nach oben und schoss über uns hinweg. Ich erinnere mich, dass ich erschrocken war, erschrocken und zugleich beruhigt: Bonaparte hatte keine Anstalten gemacht zu bremsen. Nicht mal seine rechte Hand hatte er von meinem Nacken genommen. Als habe er einfach die Augen geschlossen, und durch.

Jetzt, da ich allein unterwegs war, kam mir die Gegend belanglos vor. Ich lief durch die Ortschaften, wie man Stationen in einem Lehrpfad abläuft. Unfähig zu irgendeiner Empfindung, dazu, querfeldein zu gehen oder auch nur irgendetwas zu *entdecken*, lieferte ich mich der Trostlosigkeit der märkischen Dörfer aus. Ich fuhr wieder ab, ohne einen Blick auf das Kloster und ein frisch restauriertes Wasserschloss, ganz in der Nähe, geworfen zu haben.

Am darauffolgenden Abend lief ich an Bonapartes Büro vorbei. Es brannte Licht, was nichts zu sagen hat, da die Büros in dem Institut Mehrpersonenbüros sind. Früher haben in dem Gebäude, einem klassischen Barockbau, Besetzer gehaust. Inzwischen steht wieder das Denkmal eines preußischen Generals an der Ecke, wie vor hundert Jahren. In einem Bildband, in dem ich ab und zu blättere, findet sich eine alte Aufnahme der Straße, eins der ersten Fotos überhaupt, die in der Stadt gemacht worden sind. Durch die lange Belichtungszeit gibt es keine Menschen darauf, die Straße steinern und leer. Erst bei längerem Betrachten ist ein Pferdefuhrwerk im Rinnstein zu erkennen. Vielmehr sind es die Umrisse des Fuhrwerks, als wäre das Pferd mit dem Karren aus dem Bild getrabt und hätte seinen Schatten darin zurückgelassen.

Mag sein, wenn man lange genug hinschaut, ein Feld, einen Hügel, einen Straßenzug lange genug betrachtet, taucht alles wieder auf, Personen, Häuser, Pferdeleiber, Fahrzeuge. Sie irren durch die bereinigten Landschaften, die über die Existenz des Gewesenen hinwegzutäuschen versuchen. Vielleicht sind vom wahren, dem restlosen Verschwinden, nur die Roulettepartien betroffen. Es gibt keinen Spielmüll. Spieler hinterlassen keine Spuren. Ich frage mich, was Bonaparte, wäre er hier, auf eine solche Bemerkung antworten würde. Vermutlich würde er mich leicht spöttisch ansehen: Darum machst du dir Sorgen? Ums Spuren hinterlassen? Madame leben in einer alten Welt, einer sehr alten!

Dass ich nicht ans Verschwinden glaube, ist dasselbe, wie nicht daran glauben *zu wollen*. Bonaparte hat recht. Alles eine Frage des Willens, selbst die Liebe. Mit Hilfe des Willens lässt man den anderen neben sich, auch wenn ein einziger Blick von außen genügen würde, um zu beweisen, dass da nichts ist außer man selbst.

Ich habe einmal gehört, dass die Ordnung in einem geschlossenen System, sagen wir einer Diktatur, nur auf den ersten Blick größer ist als in einem offenen. Es handele sich dabei nämlich nur um eine äußerliche Ordnung. Das sogenannte Experiment solcher Systeme bestünde gerade darin, Menschen an Plätze zu schieben, die ihnen nicht entsprechen und sie an diesen Plätzen festzunageln. Revolutionen, die solche geschlossenen Systeme sprengen, bringen nur scheinbar alles in Unordnung. Im Gegenteil, sie sorgen dafür, dass schon kurze Zeit später alle an ihrem richtigen, gleichsam natürlichen Platz landen, und das ganz von allein. Mit fast blinder Sicherheit sucht sich plötzlich ein jeder den Ort, der ihm entspricht. Ja, *sucht*. Auch wenn den meisten Menschen diese Suche wie höhere Gewalt vorkommt.

All das besagt, dass, wenn Bonaparte auf Reisen ist anstatt bei mir und ich hier bin anstatt dort, wo er ist, wir also nicht Versprengte oder Vertriebene sind. Im Gegenteil. Es heißt, wir sitzen an exakt dem Platz, den wir gewählt haben. Und darüber hinaus heißt es, dass selbst beständiges Fortsein ein Ort ist, an dem man sich aufhalten kann.

Womöglich besitzt das Wort *fortgehen* für Bonaparte nicht einmal einen Sinn, oder nicht denselben wie für mich. Die Tatsache, dass er durch seine Aufträge auch in den unterschiedlichsten Kasinos dieser Welt herumkommt, ist Bonaparte nie unlieb gewesen. Manchmal hege ich sogar den Verdacht, dies ist sein eigentlicher Forschungsantrieb.

Das – nicht Flucht.

Es ist sogar möglich, Bonaparte ist in der Stadt, ohne dass ich es weiß. Einmal, vor Jahren, ich dachte, er wäre nicht hier, sind wir uns zufällig in der Kantine des Amtsgerichts begegnet (wo man sehr gut zu Mittag isst). Wir begrüßten uns seltsam verlegen, ja beinahe förmlich, als gäbe es nichts Absurderes als ein solches Zusammentreffen. Ein anderes Mal traf ich ihn auf der Straße mit einem langstieligen Blumenbouquet an, zu dem er nichts sagte. Die enormen Blumen, eine Art Riesengerbera zwischen uns, wechselten wir ein paar Worte, ich glaube sogar, wir küssten uns, aber nur flüchtig, eine Verabredung für den Abend, aus Pflicht und Verlegenheit. Wenn er nicht selbst überrumpeln, nicht selbst für die Überraschungen sorgen kann, sind sie ein Ärgernis für ihn. Man muss die Liebe zu ihm regelmäßig vergessen, damit er wie ein Tier aus einer Ecke angesprungen kommt und sich auf einen wirft. Unerwartet und jäh, damit er die Oberhand behält. Ja, man muss sich jede Erwartung verbieten, damit *wirklich* etwas geschieht und die Liebe stattfinden kann.

Ob uns die Angestellten und Gäste im Spielsaal, wo wir uns oft kein einziges Mal berühren (wenn wir auch geheime Zeichen austauschen), je für ein Liebespaar gehalten haben, weiß ich nicht. Da doch die meisten Frauen an den Spieltischen nur das Anhängsel eines männlichen Einfalls zu sein scheinen. Wenn sie tatsächlich allein kommen, sehen sie aus, als wären sie es schon ihr Leben lang. Blasse Geschöpfe, eher verwirrt als sehnsüchtig. Manchmal, ganz selten, eine greise Dame, die wortlos ihren matten, eleganten Kampf kämpft, wie in Erinnerung an das Fieber, das einmal ihr Leben war. Die Mongolinnen, Indonesierinnen stammen aus einer anderen Welt. Sie kommen zu dritt, zu viert, aufgekratzte Schulmädchen, die mit den Croupiers scherzen. Es gefällt ihnen, das Geld, das sie tagsüber durch den Verkauf von Kunstblumen, Spielzeug oder billigen Strickwaren verdienen, hier zu verspielen. Vielleicht erraten wir unsere Geschichten, kennen wir uns, ohne uns zu kennen. Jedenfalls sprechen wir nicht miteinander. Einmal, abends, doch das Geständnis einer Frau, die an mir vorbei die Treppe hinuntergeht. Wieviel?, fragt sie mich und rückt ihren Haarreifen zurecht. Vor Überraschung oder Scham bleibe ich stumm, woher weiß sie, dass ich verloren habe? Im Gegensatz zu mir gibt sie es unumwunden zu: Vierhundert. Dann, leichthin: Hol ich mir morgen zurück! Ihrem Akzent, ihrer Kleidung nach handelte es sich um eine Rumänin, eine Bulgarin vielleicht, aber solche Details sind unwichtig. Natürlich wird sich ihr Vorhaben nicht erfüllen, ich weiß es, trotzdem ein Gefühl der Bewunderung, kurz und heftig, während sie bereits aus dem Gebäude gehuscht ist, über die Lange Brücke, zum Bahnhof hinauf, wo sie in die Stadtbahn steigen wird, die sie nach Berlin bringt, *zu ihren Kindern*, wie ich seltsamerweise denke.

Das Haus, die Räume und Tische, das alles existiert nur für mich und Bonaparte. So sehr, dass wir jedes Mal erschrecken, wenn das Kasino geschlossen ist. Welche Trostlosigkeit, ein gotterbärmlicher Anblick, alle Lichter aus, auch die Lichterketten in den beiden Bäumen, meinen Johannisbeerbäumen vorm Eingang, der Empfangsteppich reingeräumt, das ganze Haus wie verrammelt, dass einen regelrechte Trauer befällt. Ratlosigkeit auf dem Gehweg – was für ein Tag ist heute, Fronleichnam, Weihnachten, Buß- und Bettag? Da hängt ein Schild an der Tür, aber die Erklärungen nützen nichts: Unvorstellbar, dass es Öffnungszeiten gibt für ein solches Haus. Wohin jetzt mit dem Abend, mit uns? Und genauso ein Gefühl von Verlorenheit, sobald irgendeine Feierlichkeit darin stattfindet. Als gäbe es einen Unterschied zwischen dem Ernst des Spiels, der den Rest des Jahres über herrscht und dem Vergnügen, das nur an diesem Tag zu haben ist. Junge Leute in geliehener Galakleidung, Armbändchen sowie zwei Bons, die zu einem Getränk berechtigen und zur Teilnahme an einer Wurf-Tombola. Zu den Roulettetischen kein Durchkommen, Flucht nach draußen, von wo immer noch neue Gäste hineinströmen, eine Horde fröhlich schnatternder Ungläubiger, die sich in einem Tempel niederlassen, um ihn auf ewig zu entweihen.

Als Kind habe ich manchmal Bücher verborgt. Bücher, die mein Ein und Alles waren, von denen ich anderen vorschwärmte, so lange, bis ich sie herausrücken musste. Irgendwann bekam ich sie zurück, nicht selten zerfleddert. Eine Tatsache, die mich bis heute erschüttert. Dass etwas, das ich selbst für heilig halte, einem anderen nicht das Geringste bedeuten kann, erstaunt, ja entsetzt mich zutiefst.

Manche behaupten, sie schrieben, um sich später einmal an die Zeit des Schreibens zu erinnern. Früher habe ich derlei Verrücktheiten geglaubt. Inzwischen aber kommen mir solche Sätze wie das Verzweiflungsgerede von Einsamen vor. In Wirklichkeit ist Schreiben eine Form des Wartens. Solange ich dies schreibe, ist nichts zu Ende, kann es eine Wiederholung geben. Ich schreibe in die Nacht, in die vom orangefarbenen Licht der Kasinolampen erleuchtete Nacht unserer, Bonapartes und meiner, Zukunft hinein. Dabei muss ich mich gleichzeitig beeilen, das Schreiben muss so schnell sein wie der Umriss meines Plans blitzgleich die Dunkelheit erhellt. So rasch, wie diese letzte gefühlte Erinnerung an diesen Plan noch nicht verloschen ist; denn sie wird verlöschen – sobald es fertig ist.

Auch, wenn es nichts damit zu tun hat, aber was die Welt des Roulettes betrifft, ist Bonaparte offenbar keine Ausnahme: Nach einer gewissen Zeit im Kasino gibt man beinahe allen Spielern und Croupiers Spitznamen. Einmal stellte ich fest, dass ich von einem Mann beobachtet wurde, den ich wegen seines lang gestreckten grauen Halses, der übergangslos in einem ebenso länglichen Kopf mündete, Schildkröte nannte. Abendelang schlich er mir unauffällig, aber spürbar hinterher, machte Platz am Tisch, wenn ich mich setzen wollte, und blickte mich fragend an, sobald die Kugel gefallen war. Bonapartes Anwesenheit schien ihn nicht zu stören, möglicherweise hielt er uns auch für Geschwister.

Diese seltsame Belagerung dauerte wochenlang. Als Bonaparte und ich, es war gegen Mitternacht, eines Abends den Saal verließen, überholte er uns auf der Treppe. Ich ging langsamer, behielt ihn aber im Auge. Tatsächlich drehte er, unten angekommen, mit einem plötzlichen Ruck seinen Kopf herum und sah durch das Treppengeländer noch einmal zu mir herauf. Sein leuchtendes Schildkrötengesicht, am Fuße der Treppe. Unsere Blicke trafen sich. Plötzlich tat er es. Kurz nur, aber unmissverständlich. Es war nicht so sehr ein Gruß, vielmehr eine Einladung. Eine winzige Bewegung mit dem Kopf, die besagte, ich solle mitkommen, ihm folgen, jetzt, sofort, für alle Zeit. Ich hätte, die Hand noch auf dem Geländer, nur hinunterzurauschen brauchen, eine Etage tiefer, und ich wäre auf ein anderes Level meines Lebens gewechselt. Eine winzige Sekunde, eine Frage der Beschleunigung, der Schrittfrequenz, mit der ich Bonaparte ein für alle Mal hinter mir gelassen hätte.

Ich erwähne das nur, weil ich zu einer bestimmten Zeit tatsächlich an eine solche Austauschbarkeit geglaubt haben muss, daran, dass Spieler gleich Spieler ist. Zu einer Zeit, die mir noch immer wie der Schriftzug eines altertümlichen Filmplakats vor Augen steht: *Fremd und weit fort*. Dabei handelte es sich nur um Berlin, zwanzig, dreißig Kilometer entfernt. Ich weiß nicht mehr, wer von uns beiden damals die Tür angelehnt gelassen hat, ob Bonaparte oder ich, nur dass es da längst zu einer Manie geworden war wegzugehen, und ich ahnte, dass Bonaparte über sein Verhalten nicht mehr entscheiden konnte. Kann sein, ich habe zu ihm gesagt, ich würde mich weigern, länger bei ihm zu bleiben. Aber daran erinnere ich mich nicht. Gedacht muss ich es aber haben, sonst wäre ich dem Mann nicht gefolgt, der sich mir auf dem Fest eines Freundes beinahe sofort als Roulettespieler zu erkennen gab, ein *extremer*, so hatte er sich, mich seltsam fixierend, ausgedrückt, wenn er von Berufs wegen auch als Vertreter des Gesetzes arbeitete, ja, in dieser Funktion, wie ich wusste, sogar hin und wieder im Fernsehen auftrat. Ein *für immer Verlorener*, wie ich schon bald nach unserem Kennenlernen schaudernd dachte, ohne dass mich das gehindert hätte, mit jeder Nacht, die wir zusammen verbrachten, weiter in den Keller seiner Verlorenheit hinabzusteigen. Tatsächlich fand ich mich ausschließlich seiner Nachtgestalt gegenüber, als er begann, mich in die Spielhallen von Berlin mitzunehmen. Spielhallen, keine Kasinos. Kann sein, er war in den offiziellen Einrichtungen lange gesperrt, vielleicht wollte er mir auch sein Leben präsentieren (in der Hoffnung auf Erlösung?), jedenfalls führte der Weg oft durch eine Gastwirtschaft hindurch, Kneipen oder Pubs, an deren Ende hinter einem Vorhang oder einer Tür plötzlich ein Roulettekessel stand, Hinterzimmer der Verzweiflung, in denen er in einer Art selbstquälerischem Rausch sein Geld verspielte. Ohne abzuwarten, ja ohne auch nur hinzuschauen, auf den Kessel, die Zahlen auf dem Tuch (Anzeigetafeln gab es an diesen Orten nie), zog er halb zerknüllte Geldscheine aus der Hosentasche und warf sie, kaum waren wir angekommen, vor sich auf den Tisch. Wir standen inmitten eines Gemischs fremder Sprachen, er starrte mich mit tränenden Augen an und versuchte zu lächeln, wenn ich in der von Zigarettenrauch und Ausweglosigkeit schweren Luft versuchte, uns vor dem vollkommenen Aus zu bewahren. Dabei war es ihm egal, ob ich mit dem Geld, das er mir überließ, gewann. Zwar mischte er sich hin und wieder ein, gestikulierte und redete, aber alles nur, um bald darauf ein Taxi zu rufen, das uns in die nächste Kasinowirtschaft brachte. Im Taxi zählte er, was noch übrig war, von diesem Abend, der Nacht. Das Geld, das Geld … Das Durchzählen der welken Scheine war nur eine Bewegung der Hände. Mit größter Unruhe sah er nach draußen, dann wieder mich an. Halb bettelnd, halb befehlend, beschwor er mich, ihm zu folgen (dabei saß ich längst wieder neben ihm). Er war seit Kurzem geschieden und hatte seither keinen Freispruch mehr hinbekommen, wie er erzählte. Sonst sprach er nicht viel von seiner

Arbeit. Meist kam er direkt aus dem Gericht oder seinem Büro zum Berliner Stadtbahnhof, um mich abzuholen. Es war ihm anzusehen, dass er seit Wochen nicht mehr geschlafen hatte. Sein Gesicht schien sich unaufhörlich und von selbst zu bewegen, was er durch plötzliche Lachanfälle zu verbergen suchte. Später, gegen drei oder vier Uhr morgens, in seiner Wohnung, in der ein altmodisches Metallbett das Zentrum bildete, hatte uns der Stumpfsinn oft ganz und gar eingeholt. Die Augen geschlossen, um uns die Ratlosigkeit nicht anmerken zu lassen, wälzten wir uns, kaum angekommen, auf der weichen, wie kernlosen Matratze.

Möglicherweise entstammen Gewinnsucht und Vergnügen derselben Quelle. So wie Verachtung und Vergötterung dieselbe Wurzel haben. Ein Zuviel, das man dem anderen gegenüber empfindet, ein Ungleichgewicht, mit dem man nicht weiß, wohin. Das sich auf irgendeine ungeordnete Weise Ausbruch verschaffen muss.

Lange Zeit später, als ich ihn in einer Gesprächsrunde im Fernsehen wiedersah, plötzlich der Gedanke: das Gesicht eines Hundes. Dasselbe Gesicht, mit dem er mich angeblickt hatte, als ich zum letzten Mal aus seiner Wohnung gegangen war. Ohne dass ich es ihm zu sagen brauchte, wusste er, dass ich nicht mehr wiederkommen würde. Ich faltete meinen Regenschirm zusammen, der zum Trocknen neben dem Bett gestanden hatte, da sagte er: Hau doch ab. Nicht feindselig, eher verwirrt, als hätte er die ganze Zeit darauf gewartet, dass ich es zu *ihm* sagen würde. Worte, an die er gewohnt zu sein schien und ohne die es nicht ablaufen durfte. So blickte er in die Fernsehkamera, ein trauriger Hund, der hinausgejagt worden war, vor Jahren und von irgendwem, mit einer unstillbaren Sehnsucht zurückkommen zu dürfen (während alle Welt dachte, er sei untröstlich über den Mord an einer Schülerin, um den es in der Sendung ging).

Die Wochen damals: Wochen ohne Bonaparte, in denen ich, von einem Taxi in das nächste steigend, nächtelang durch Berlin fuhr. Seltsam gefügig folgte ich dem Richter in die Hintertürkasinos am Stuttgarter Platz, im Wedding, manchmal in die Spielhallen am Zoo. Und obwohl ich dort jedes Mal einen Roulettetisch vorfand mit siebenunddreißig Zahlen darauf, war es plötzlich eine fremde Welt, aus der ich am frühen Morgen nach Hause flüchtete wie ein Kind: innerlich laut singend, um die Mutlosigkeit zu verjagen. Keine Schönheit mehr. Auch kein Gefühl, für nichts. Höchstens noch eins der Schuld und Verdorbenheit. Ich war eine Verräterin. Der Verrat betraf aber nicht Bonaparte, sondern das Roulette. Damals ging mir auf, dass wir in keinem Fall schuldig werden durften an ihm, dass wir es schützen mussten wie ein

Wesen, das sich allein gegen die Rohheit der Welt nicht zu wehren weiß. Trugen wir nicht seit Anbeginn (was hieß: seit es uns gab) die Verantwortung dafür?

Bonapartes und mein Schweigen über diese Dinge gehört nicht in dieses Buch. Ich lasse sie weg, die Unmöglichkeit, über bestimmte Dinge zu reden. Genauso wie ich das fünfstündige Telefongespräch quer über eines der Weltmeere weglasse oder mein nächtliches Herumstehen vor Bonapartes Wohnung, wo einmal trotz des Lichtscheins niemand öffnete, oder den Tag, an dem ich ihn an der Seite einer Frau aus dem Tor eines Hauses in der Nähe der Einkaufsstraße kommen sah. Es war März und ein verspäteter Schneesturm hatte plötzlich eingesetzt, durch den sich die Menschen vorwärtskämpften. Ich war von meinem Rad gestiegen, das wegzurutschen drohte, als Bonaparte mit hochgeschlagenem Mantelkragen gegenüber aus dem Haus trat. Neben ihm eine Frau, die er leicht am Arm hielt, damit sie auf ihren Stiefelabsätzen (Schlangenlederstiefel, wie ich sofort sah) nicht stürzte. Wahrscheinlicher allerdings war, dass diese Berührung nur die letzte Geste ihres Zusammenseins war. Sie hatten wie alle keinen Schirm dabei und liefen eng nebeneinander mit gesenktem Kopf die Straße hinunter, an mir vorbei. Obwohl ich die

Augen gegen das Flockengewirr zusammenkniff, sah ich, wie Bonaparte sich noch einmal umdrehte. Er muss mich gesehen haben, aber was ließ sich mehr darüber sagen, als dass er an einem frostigen Märztag mit einer Frau durch ein Schneegestöber gelaufen war, von der ich nicht mehr wusste, als dass sie Schlangenlederstiefel trug und nicht ich war?

Und dass ich am selben Morgen an der S-Bahnhaltestelle Gesundbrunnen im Berliner Wedding eine Dreiviertelstunde auf den ersten Zug gewartet hatte, zum letzten Mal, auf den Zug, der mich zurückbringen würde hierher.

Ich weiß nicht, ob das Ausweichen und Vermeiden zur Liebe gehört oder ob es sie auf Dauer zerstört. Ob die Wortlosigkeit in Bezug auf bestimmte Dinge den Liebenden hilft, ob sie *uns* jemals geholfen hat, oder sie vernichtet.

Wie lange lässt sich an ein Geheimnis glauben, das in Wirklichkeit bloß das Leben des anderen ist?

Hatten wir uns früher bei einer Uneinigkeit in einer Art Ausweichmanöver zum Kasino hinflüchten können, wo wir, ohne unsere Verzweiflung zu zeigen, wie es zwischen uns üblich ist, Dinge wie Abwesenheit, Gewissen und Schmerz einfach abschüttelten, schien diese Möglichkeit für uns auf ewig verloren zu sein. Trotzdem bin ich damals, nach dem Märzschneesturm, so gut wie jeden Abend hingegangen. Wo sonst hätten wir uns begegnen können? Und ohne dass einer dem anderen etwas antat. Meistens blieb ich zwei, drei Stunden, ohne zu spielen, an der Bar sitzen, von wo man einen guten Blick auf die Tische hat. Bonaparte entdeckte ich aber nie. Irgendwann, nach Tagen oder Wochen, es war ein Donnerstag und kurz nach sechs, sah ich ihn im Automatensaal. Genauer gesagt war es wohl eine Ahnung, die mich an dem Tag nicht wie sonst zum Großen Spiel hinaufgehen, sondern den langen Flur und eine kleine Treppe hinuntersteigen ließ, wo ich schon auf den ersten Blick Bonapartes düstere Silhouette erkannte. Er saß vor einem Bildschirm, den er nur halbherzig hochgeklappt hatte und an dem er vorbeistierte. Ich entsann mich, dass er selbst einmal gesagt hatte, Roulettespielen am Automaten verhalte sich zum richtigen Roulettspiel wie ein Filmkuss zur wahren Liebe. Noch weniger: ein Filmkuss, den man einem Spiegel aufdrückt, mit jener seltsam blöden Gebärde eines sich selbst Küssenden. Die verzweifelte Geste eines auf immer Vertriebenen, dem nicht mehr bleibt als eine ferne Erinnerung an das, was die Leidenschaft ist …

In seiner zusammengesunkenen Haltung, dem fahlen Gesicht wirkte er alt. Mit einemmal war mir die Vorstellung ungeheuerlich, ich könnte diesen

Prozess nicht bis zum Ende verfolgen, wenn ich ihn der Welt – was vielleicht nichts weiter hieß als anderen Frauen – überließ. Die wahre Schreckensvorstellung in der Liebe war in meinen Augen plötzlich die, kein einziges Mal im Leben, bei niemandem, den Vorgang des Verfalls, des *absoluten Endes*, mitzuerleben.

Bonapartes Anblick war umso trostloser, als an dem Tag zwei neue Kessel – einer für den Raucher-, der andere für den Nichtraucherbereich – samt neuer Automaten angeliefert worden waren, die man aber weder angeschlossen noch an die richtige Stelle gerückt, sondern vorerst neben den alten Geräten abgestellt hatte, wo sie mit ihren heraushängenden Kabeln, Lampen und Leitungen, die zu den Anschlüssen führten, ein unendliches Wirrwarr bildeten, in dem er mit einigen anderen verstreuten Spielern hockte. Offenbar hatte die Kasinoleitung selbst an diesem Tag nicht auf Umsatz verzichten wollen. Ich stand da und sah ihn an. Bonaparte. So lange, bis er mich erkannte. Ja, es schien eine Weile zu dauern, bis seine Augen scharf gestellt waren, um irgendetwas von der äußeren Welt wahrzunehmen. Schließlich stand er auf. Ganz langsam nahm er seine Jacke von der Lehne des Drehhockers, steckte im Stehen die Karte zur Auslösung seiner noch verbliebenen Spielsumme in den Automaten, zog sie wieder heraus, um sich drei

Schritte weiter an der Kasse das Bargeld dafür auszahlen zu lassen (es waren nicht mehr als zwanzig Euro, wie ich sah) und ging ohne ein Wort an meiner Seite hinaus. Das alles nur auf meinen Blick hin, den er sofort erwidert hatte: Ich hatte recht, das hier hatte nichts mit uns zu tun, es war absurd, vollkommen absurd und falsch.

Wir hatten uns einfach geirrt.

Genauso wie der Schildkrötenmann vor Monaten möglicherweise nichts weiter gewesen war als ein Cooler, eine jener Personen, die das Kasino einsetzt, um Glückssträhnen bei einzelnen Spielern zu stören oder zu verhindern. Jedenfalls würde das erklären, weshalb ich, solange er in meiner Nähe war, vergeblich versucht hatte, die Zero herbeizuspielen.

Seit ich begonnen habe, diese Zeilen zu schreiben, denke ich an das, was André Kostolany, der ungarische Spekulant und Börsenexperte, über den Umgang mit Geld schrieb: Es gibt einen Unterschied zwischen dem Drang, Geld zu besitzen, und dem, Geld zu verdienen. Geld geht zu dem, der es leidenschaftlich begehrt. Was nicht das Gleiche ist, wie reich sein zu wollen. Einmal habe ich Bonaparte ein Grammophon auf einem Flohmarkt gekauft, ein anderes Mal ein Opernglas in einem abgewetzten Etui, einen Spazierstock. Bonaparte bringt gelegentlich teuren Rum mit, Rum oder Whiskey, von dem ich so gut wie nichts trinke. Von dem Martini hingegen trinke ich immer. In seinen Augen mögen das Geschenke sein, für mich sind es Zeichen. Wenn er sich von dem Rum oder dem Whiskey eingießt, weiß ich, dass er bleibt. Ich sehe zu, wie die Flüssigkeit ihn schwer macht, ich nicke, wenn er sagt, dass man sich mit dem Spiel nicht einen luxuriösen Lebensstil finanziert, jedenfalls keinen, den man bereits *vor* dem Spiel gehabt hätte. Dass man vor einem Abend im Kasino überhaupt nie wissen könne, welchen Lebensstil man am Tage danach haben wird.

Wir umarmen uns nicht, ich küsse Bonaparte beim Reden auf die Körperstellen, die am weitesten vom Mund entfernt sind. Seine Knie, seinen Rücken, bis ich bei seinem Hals angekommen bin. Ich bitte ihn, nicht das Hemd auszuziehen, sondern es nur zu öffnen, drei, vier Knöpfe, damit ich seine Schlüsselbeine betrachten, sie unter dem Stoff befühlen kann. Kleine, harte Pfeile, Waffen.

Die Besuche bei meinem Vater habe ich immer auch davon abhängig gemacht, ob ich im Kasino gewinne. Das Geld ist dann ein Anlass, eine Art Vorwand für eine Verabredung mit ihm. In nur zehn Minuten hatte ich am Vorabend aus einem Zwanziger das Zehnfache gemacht. Als ich mich einschaltete ins Spiel, war bereits vier oder fünf Mal Schwarz gefallen. Während alle anderen in Erwartung eines Wechsels auf Rot setzten, blieb ich als Einzige bei Schwarz. Elf Drehs, dann ging ich. Für gewöhnlich lehnt mein Vater das Geld, das ich wie ein Mitbringsel von einer Reise vor ihn hinlege, ohne ein Wort ab. Der ihm zugedachte Schein wandert dann eine Weile zwischen uns beiden hin und her. Als wollten wir eine heiße Kartoffel loswerden, drücken wir ihn uns gegenseitig in die Hand oder werfen ihn dem anderen zu, der ihn dann jedes Mal genauso hastig wieder abgibt, so lange, bis dieses Spiel, diese lächerliche Zeremonie, beendet ist, indem der Schein achtlos am Boden liegen bleibt.

Da wir uns am Fluss, auf der beheizten Terrasse eines Freiluftlokals getroffen haben, schied diese Form der Geldübergabe aus. Ich stopfte den Schein unter die Decke, in die sich mein Vater wie die anderen Gäste gewickelt hatte. Wegen des daneben liegenden Altersheims sitzen fast immer Rentner hier. Ich erinnere mich, dass Bonaparte dieser Umstand gefallen hat, als ich das letzte Mal mit ihm hier gewesen war. Er mochte das Lokal, er mochte die alten Leute. Wenn es in Bezug auf die Lebenszeit möglich gewesen wäre, hätte er gern eine Abkürzung genommen und die mittleren Jahre, *die umständliche, laute Zeit des ständigen Auftrumpfens,* wie er sich ausgedrückt hatte, ausgelassen, um sogleich ins Seniorendasein zu gelangen.

Gegenüber, auf der anderen Seite des Wassers, am Rande der städtischen Bucht, Bäume. Ein Gastgeschenk Japans, ein Glückwunsch zur Revolution. Japanische Kirsche und Pflaume, auch Magnolien. Mussten rasch wohin damals, noch unter Aufsicht der Gratulanten. Ausgerechnet Bäume ... Wegen der Hochhäuser, zwischen denen man sie eingegraben hat, wirken sie klein. Diesmal, neben meinem in eine rote Decke gehüllten Vater, erfasst mich eine seltsame Wehmut beim Anblick der Häusertürme. Als Kind träumte ich davon, dort oben zu wohnen. Der Blick vom dreizehnten Stock über die Flusslandschaft, die Seen und die Ausflugsdampfer auf den Seen. Ich hatte begeistert zugesehen, wie sie gebaut wurden, hatte mir vorgestellt, wie es wäre, wenn ich als Erwachsene dort einziehen würde. Die ganze Kindheit über diese Zukunftsfreude in mir. Plötzlich kommt es mir unfassbar vor, dass eine Sehnsucht über Nacht abhandenkommen, dass ein Traum *altmodisch* werden kann. Nur eine Kleinigkeit, ein winziger Umschwung der Zeitläufte, und schon lassen die Menschen ab von ihren Ideen, denke ich, lasse ich ab davon, von meinen Vorstellungen, meinem alten Leben – unfassbar, ja beschämend, dieses vollkommen fehlende Talent zu Beständigkeit.

Ich wiederholte die letzten Sätze laut, um unser Schweigen zu beenden. Zu meiner Überraschung nickte mein Vater. Offenbar schien es für ihn eine selbstverständliche Antwort auf meine Worte zu sein, oder es war der Beginn eines unbeholfenen Geständnisses, jedenfalls begann er plötzlich von Schubladen zu reden. Ich glaube, er verwendete die Wörter *dickwandige Kastenschübe*, die er aus seinem Kopf herausziehen müsse, sobald er über die Vergangenheit nachdachte. Vor allem nachts könne er kaum einen Gedanken fassen, ohne vorher eine der Schubladen zu öffnen, ein Vorgang, den er spüren könne am Kopf, ein Windhauch, ein leichter Sog. Dass darin seine Erinnerungen verstaut seien, sämtliche Bilder in diesen Schüben, die sich seltsam leicht herausziehen und wieder hineinschieben ließen. Die Gesichter seiner Kinder, meiner Mutter, der Städte, die er gesehen hatte in seinem Leben. Auch die Orchestermusik, die sofort laut wurde, wenn er den Musik-Schub herauszog.

Es war nicht beängstigend, wie er es sagte, sein Tonfall eher journalistisch. Vielleicht brauchte er auch eine Überleitung, denn nach einer Weile sagte er, er werde seine Wohnung aufgeben. Die Wohnung und das meiste der Möbel. Auf einem Faltblatt, das er aus der Decke hervorholte, zeigte er mir die Ankündigung eines Wohnprojektes mit Betreuung. In dem Computer-Modell saßen Figuren auf Bänken in einem schattigen Innenhof, andere spielten im Hintergrund Tischtennis. Die Betreuer, Ärzte und anderes Personal, stünden jederzeit bereit, sagte er, Tag und Nacht. Ich sagte, dass es sehr schön gelegen und praktisch sei. Er würde demnächst vierundsiebzig werden.

Schließlich fragte ich ihn nach den Kranichen, wann sie wieder da seien, woraufhin er ein sorgenvolles Gesicht machte und meinte, dass es gefährlich sei, gefährlich und unvernünftig, wenn sie mit jedem Jahr früher zurückkämen. Neuerdings schon im Februar, März. Aber dann rief er: Was soll's, es sind eben Vögel. Die Armen! Plötzlich begann er zu lachen. Über das, was er gesagt hatte, vielleicht, vielleicht auch über alles andere. Und in diesem Lachen schien plötzlich das Gesicht meines Vaters auf, das er als junger Mann gehabt haben muss. Breit und herzlich, eine rauschhafte Freude, in die er früher verfallen war, ohne dass Alkohol oder sonst ein Mittel dazu nötig gewesen war, und an die ich mich deshalb so deutlich erinnern konnte, weil sie auf beinahe allen Bildern, die ich von ihm kenne, anwesend ist.

In welcher Zeit findet diese Erzählung statt? Da es keine Vergangenheit gibt, was Bonaparte und mich betrifft. Es gibt eine ferne, zurückliegende Zeit, die aber trotzdem noch Bestandteil der Gegenwart sein muss. Die Gegenwart: ein einziger langer Abend, langer Spätnachmittag, an dem wir aus dem Kasino zurück durch die Stadt durch Schnee gehen. Helle Nacht, die orangefarbene Helligkeit von Straßenlaternen, wenn wir aus der Tür der Spielbank treten. Und kalt ist es, Neuschnee. Oder der erste Schnee im Jahr überhaupt. Eine dünne Decke ganz leichten Schnees, in dem unsere Schritte, nachts um halb eins, schon zu sehen sind, wenn wir uns umdrehen. Zuerst auf die Breite, dann doch über den Neuen Markt, weil sich da der Schnee besser macht in der Nacht. Eine unausgesprochene Befriedigung zwischen uns, der leise Hochmut des Gewinnens. Vorbei am Glockenspiel und zurück zur Breiten, wo noch das Haus des Lehrers steht. Bonaparte hat seine Handschuhe dabei, wie immer, ich nicht. Ich wärme meine Hände abwechselnd in seiner Manteltasche. Das Haus des Lehrers wird abgerissen demnächst. Jetzt steht es noch, auch der Spruch des Philosophen glitzert noch an der Hauswand, dass, wenn die Maschinen die Produktion übernommen haben werden, die Menschen frei sein werden, frei zur geistigen Arbeit, zur Muße und Kunst. Kommt bald weg. Und an die Stelle eine Kirche. Eine Kirche. An all dem vorbei, und jedes Mal wieder wie mit letzter Kraft ins Kasino. Das einzige Gebäude, an dem ich hänge – mit seiner beleuchteten Fassade, dem einladenden roten Teppich auf den Stufen und der Tür, aus der ein warmer Lichtschein dringt.

Abgesehen von der Strategie, *vernünftig* zu spielen, gibt es keine, die über die Dauer eines Abends hinweg Gültigkeit hätte. Aber was heißt vernünftig? Manchmal frage ich mich, wie Bonaparte es anstellt, dass ein verlorener Dreh bei ihm bloß wie eine Abweichung wirkt, eine kleine Irritation, höchstens dazu da, ihn an die Vernunft zu erinnern. Während an meinem Gesicht die Enttäuschung sofort abzulesen ist, pflegt Bonaparte ein stoisches Ritual des Nicht-Erschreckens. In Paris, wo er zum Thema *Gegenkultur und Dialog* vor Jahren hohe Aktenberge durchforstet hatte, hatte er fast das gesamte ihm zur Verfügung gestellte Forschungsstipendium verloren. Bei seiner Rückkehr redeten wir einen Abend lang über die Aktenlage, sein Forschungsprojekt, den Dialog und die Gegenkultur …, bis wir zum Wesentlichen kamen. Er hatte das Kasino in Enghien, einem Vorort von Paris, besucht. Viel berichtete er nicht davon, Verluste mussten vergessen werden. Nur so viel: zu viele Brandy Alexander. Seinen Worten zufolge hatte er gespielt wie ein vergifteter Affe. Die meisten beklagen sich nach einem verlorenen Dreh über die Ungerechtigkeit, Bonaparte ignoriert Verluste. Für das

Verlieren hat er wortwörtlich keinen Sinn. Er straft das Glück, wenn es ihn verfehlt, mit Verachtung, ja er fühlt sich nicht im Geringsten angesprochen, ganz so, als müsse dem System irgendein Fehler unterlaufen sein ... Mit ungerührter Miene verlässt er den Spieltisch, um in einem unerkannten Moment (unerkannt vom Zufall) wieder da zu sein und das Ganze gewissermaßen geradezurücken.

Vielleicht gab es, was diese gleichmütige Haltung angeht, eine geheimnisvolle Verbindung zu dem Sitting-Bull-Porträt, das wie das Foto eines verstorbenen Verwandten schwarzgerahmt in seiner Wohnung hing. Dass in den Rahmen ein Ausspruch des Indianerhäuptlings eingraviert war, entdeckte ich erst spät. *Geschichte ist nichts als mangelnder Respekt vor dem Tod.* Worte, die laut Bonaparte allerdings nicht verbürgt waren, weswegen sie sich nicht verwenden ließen in einem Vortrag oder Manuskript. Dennoch schienen sie von einiger Wichtigkeit für ihn zu sein. Damals hatte Bonaparte meine gekrauste Stirn bemerkt und folgende Erklärung dazu abgegeben: Die Menschen hatten eine falsche Vorstellung von der Geschichte. Sie glaubten an eine Art Leiter, eine Treppe, auf der die Menschheit voranschreitet, mal mehr, mal weniger langsam. Diese Treppe aber gibt es nicht. Die einzelnen Momente der Menschheitsgeschichte waren nicht Stufen, sondern Pontons, den festen, breiten Blättern von Seerosen nicht unähnlich, die im ewigen Ozean der Zeit trieben und zwischen denen keinerlei Verbindung bestand. Ihr Standort, ihre Beziehung untereinander folge, so Bonaparte, keiner Logik. So gesehen gäbe es weder Vergangenheit noch Zukunft, in gewisser Weise also auch keinen Tod … Die Dinge passierten chaotisch, wirr und unberechenbar. Eine Tatsache, die die Historiker allerdings leugneten. Sie schrieben Bücher, bei denen alle Welt denken musste: So, wie es gekommen ist, konnte es gar nicht anders kommen.

Genau wie er auch?

Genau wie er auch.

Auf all das hatte ich nichts erwidern können. Ich glaube, ich habe mich ins Küssen geflüchtet, und vielleicht war diese Ansprache auch zu nichts anderem gemacht. Jetzt denke ich, ich habe seit jeher gedacht, auch die Liebe sei eine Art Treppe oder Leiter. Eine Leiter, die allerdings zu gar nichts führt, höchstens in die Zeit hinein. Und bis heute weiß ich nicht, ob das gut ist oder schlecht.

Dass ich ihm nie nachgereist bin, liegt daran, dass ich in den meisten Fällen erst hinterher erfahren habe, wo Bonaparte gewesen ist. Der wesentlichere Grund aber ist der, dass wir uns auch in der Liebe aufs Vernünftigsein geeinigt haben.

Mit welcher Leichtigkeit ich *uns* sage, *wir*.

Ich sinke nicht zu Boden und umschlinge seine Knie, ich flehe nicht, bettle ihn um nichts an. Deshalb auch kann es nicht um eine Strategie, nicht um die Möglichkeit gegangen sein, ihn eifersüchtig zu machen, wenn ich ihm wenige Tage vor seiner Abreise von der Weltzeituhr erzählt habe. Vielleicht wollte ich ein Band spannen, vom allerersten Mal bis in die Gegenwart, in der ich mit Bonaparte auf dem Bett lag, unter uns ein leerer Pralinenkasten und ein paar Gläser, in denen Martini- und Rumreste klebten. Das erste Mal hätte ich die Liebe an der Weltzeituhr auf dem Alexanderplatz erfahren, habe ich zu Bonaparte an diesem Morgen gesagt. Es muss zwei oder drei Jahre vor der Sache mit dem Beutel, den Badelatschen und dem Direktor gewesen sein. Ich war mit anderen in einem Bus nach Berlin gefahren worden, wo wir an irgendeinem Umzug, einer Parade oder Demonstration teilnehmen sollten. Es war meine erste Reise allein in die Hauptstadt. Man lud uns an der Weltzeituhr ab, wo wir vier oder fünf Stunden lang auf das Zeichen warteten, das uns losmarschieren lassen würde. Mehr und mehr Jugendliche waren aufgetaucht, fünfhundert, tausend, zwischen denen es kein Hinaustreten mehr gab und ich meine Mitschüler verlor. Dort war es, in dem Gewühl, dem Gedränge, inmitten der Transparente, der Hunderten Fahnen und Fackeln, dass mich plötzlich jemand von hinten berührte, anders als es zwischen Fremden, die in einer Menge warten, vorgesehen ist. Kein Übergriff, keine gewaltsame Geste, nur ein paar Hände, die mich anfassen und zu streicheln beginnen, vorsichtig, fast schamhaft. Ich schaffe es nicht, mich umzuwenden, vielleicht habe ich es auch gar nicht vor, ich lasse den, der da hinter mir steht und dessen leisen Atem ich in meinem Nacken spüre, meine Hüften streicheln, meine Brüste, ohne dass es jemand bemerkt.

Während alles sonst untergegangen ist, habe ich zu Bonaparte gesagt, die Fahnen, die Tribünen, ja selbst der Grund meiner Anwesenheit dort, ist diese Berührung übrig geblieben. Die Hände eines Fremden, an die ich mich noch immer erinnere.

Und dass es keinen Unterschied gibt zwischen dem ersten und dem letzten Mal, habe ich gleichzeitig gedacht. Denke ich jetzt.

Ich liege in der Badewanne, die sich langsam füllt. Zuvor habe ich eine Viertelstunde an der eisigen Feuerwehrreling verbracht. Nord lag wie immer auf dem Gitter nebenan, hob allerdings nicht den Kopf. Vermutlich hing seine Gleichgültigkeit mit dem Wind zusammen, der ihm meinen Geruch nicht zutrug. Als es mir zu kalt wurde, kletterte ich wieder zurück in die Wohnung. Inzwischen habe ich beinahe alle Notizen zum Bonaparte-Projekt im Badezimmer ausgebreitet, manche Blätter sind hier und da durchgeweicht, aber noch lesbar. Ich habe sie mit Klammern an einer Leine aufgehängt. Gedanken und Erinnerungen wie Wäschestücke.

Wer schreibt und wer spielt, tritt gleichermaßen aus der Welt. Ohne sie zu vergessen, aber auf seltsame Weise abgewandt, widmet er sich in gewisser Weise immer der Vergangenheit, selbst wenn diese Vergangenheit bloß die letzte Sekunde ist … Aber während das Schreiben jedes Mal von Ungeduld und Sorge begleitet wird, Ungeduld, mit dem Text fertig zu werden, davor, sich schon wieder in einen anderen zu verwandeln, während man noch schreibt, ist die Zeitrechnung beim Spiel eine andere. Niemals habe ich Angst gehabt im Kasino, nicht vor dem Leben, nicht vor dem Tod. Im Gegenteil, beim Gedanken daran, ich könnte in der Halle einer Spielbank sterben, erscheint mir der Tod weniger erschreckend, ja geradezu heiter. Ein verquerer Gedanke, denn was hat Sterben mit dem Kasino oder dem Roulette zu tun?

Einzig das Kasino bewahrt vor der Lächerlichkeit, davor, zurückzufallen in das Nichts der Erinnerung. Der letzte Ort, an dem einem das Unwahrscheinliche zustoßen kann.

Mir kommt es vor, als habe ich die ganze Zeit über, all die Jahre, nur mit Bonaparte gesprochen. Natürlich entspricht das nicht der Wahrheit. Ich habe vor Leuten, Studenten, manchmal auch Schülern über Literatur und Fotografie gesprochen, über Geschichte und die Vergangenheit. Ich habe über das Verschwinden geredet. Ich habe einen Text verlesen, in dem ich es mit dem Aufscheinen geometrischer Formen verglichen habe. Nach der Veranstaltung erzählten mir drei oder vier Personen, dass sie dasselbe erlebt hätten, nicht die geometrischen Formen, nein, aber alles andere, dass man selbst das Verschwinden von etwas Falschem, Hässlichem bedauern könne. Weil es ganz und gar zu einem gehört hat. Der Fotograf war auch dort. Ich hatte ihm angeboten, die Nacht bei mir zu verbringen, falls es zu spät würde für den letzten Zug nach Berlin. Aber es wurde nicht spät, außerdem war er wegen seiner Ausrüstung nie mit dem Zug unterwegs, sondern immer nur mit dem Wagen. Kurz bevor wir uns verabschiedeten, begann er von seiner Tochter zu sprechen. Sie war vier Jahre alt und unterhielt sich manchmal mit ihren Schuhen. Er erzählte es ein wenig zerstreut, in einem schmerzlichen Tonfall, woraus ich schloss, dass sie sich nicht sehr häufig sahen. Er dankte mir noch einmal für den Text und versprach, mir in den nächsten Tagen ein Paket mit zehn oder fünfzehn Katalogen zu schicken.

Wo steht, dass dem Leidenschaftlichen heute kein zeitgemäßes Wort mehr gegeben ist? Keine Sprache, die entlehnt werden könnte – außer vielleicht einer sehr alten. Wenn ich nur selten übers Roulette geredet habe, dann aus einer gewissen Hemmung heraus, aus Angst vor unverständlichen, entsetzten, im schlimmsten Fall belustigten Blicken. Welchen Sinn kann es haben, jemanden überzeugen zu wollen in Bezug auf eine Leidenschaft? Als hätte eine solche Erklärung etwas Obszönes an sich. Ein Eingriff in die Seele des anderen, die man weiten müsste, loslösen vom Verstand, damit er die Situation verstünde.

Die Situation.

Zu verstehen, dass das Geheimnis dazu da ist, angeschaut zu werden. Angeschaut, nicht gelüftet.

Dabei glaube ich durchaus für einen Moment, es könne gelingen. Ein wohlwollender, neugieriger Blick, und ich erwäge, dem Frager von den gedämpften Geräuschen im Kasino zu erzählen, von den leisen, gleichmäßigen Bewegungen, dem fast musikalischen Rhythmus, mit dem sich Zahl an Zahl zu einer Endloskette fügt, wie immerfort bewegte Luft; davon, dass man sich einbilden kann, eine Zahl nur am Klacken zu erkennen, mit dem die Kugel in ihrem Fach liegen bleibt; oder wenigstens von den Nachmittagen, wenn über den Spieltischen und Kesseln eine kindliche Leichtigkeit schwebt. Gegen fünf ist es oft noch leer, du trittst ein und setzt dich an einen der Tische im Barbereich, wo es um diese Zeit Kaffee und Kuchen zum Nachmittagspreis gibt. Der grüne Filz noch frisch, gerade gebürstet, am Kassenschalter zählt eine Frau die Beträge der Bank. Nicht allzu angestrengt verfolgst du die Anzeigetafel, die einzige, denn ein Tisch hat sozusagen pro forma geöffnet. Um diese Uhrzeit sind erst neun oder zehn Spiele gelaufen, die Zahlen wandern von unten nach oben in die Tafel hinein, der Anfang eines Fadens, der sich in die Nacht hineinspinnen wird. Dann wird längst wieder das Verbissene und Verschwitzte, die Flatterhaftigkeit regieren. Nachmittags aber ist die Atmosphäre heiter, ein unverbindliches Glück. In Gedanken ein paar Probewürfe. Ein Leben und Sitzen auf Probe, als gäbe es das.

Angesichts der Unmöglichkeit, eine hinreichende Erklärung meiner Faszination zu geben, eine Beschreibung dessen, was in den Stunden im Kasino mit mir geschieht, habe ich einmal zu einer Frau, neben der ich bei einem offiziellen Essen platziert worden war, gesagt: Es ist wie eine nächtliche Fahrt in einem Ford Galaxie mit Clint Eastwood.

In Wirklichkeit handelt es sich bei diesem Bild um Bonaparte, in dessen braunem Ford (allerdings keinem Galaxie) wir über die Alleenstraße von der Ostsee zurückgekehrt waren. Bonaparte, der beim

Fahren Handschuhe getragen hatte, schwarze Lederhandschuhe, die er die ganze Zeit über nicht auszog, auch dann nicht, als ich nach der Ankunft vor meinem Haus noch einmal meinen Kopf zu ihm in den Wagen steckte und er mein Gesicht berührte. Das warme Leder an meinem Mund, meinen Augen, jetzt, nach all der Zeit, fällt es mir plötzlich ein. Als hätte in dieser Geste von Anfang an eine besondere Bedeutung gelegen, von der ich aber nie etwas wissen wollte. Für den historischen Bonaparte, Napoleon, glich die Liebe einer Schlacht. Nicht, weil sich die Liebenden wie unversöhnliche Kämpfer gegenüberstünden, derlei Meinung war in seinen Augen belanglos, nein, die Liebe und der Krieg, so Napoleon, lösen eine ähnliche Gefühlslage im Menschen aus: eine Art Bewusstlosigkeit, eine Betäubung.

Sechshundertachtundachtzig, die Anzahl meiner Besuche, ist keine absolute Zahl, kein Endpunkt. Sie wurde abgelöst von der sechshundertneunundachtzig, der sechshundertneunzig. Irgendwann werde ich wieder aufhören zu zählen, und die einzelnen Gänge dorthin werden sich in derselben Masse eines unterschiedslosen Spielens auflösen wie früher, bevor ich angefangen habe, das hier zu schreiben. Die Kette meiner Kasinobesuche: Steine, die über ein flaches Meer in Richtung Horizont, zur Zukunft hin führen, eine Art lang gestreckte Brücke und zwischen den einzelnen Steinen das Wasser, die Zeit.

Damals kann ich es noch nicht gewusst haben, aber die Frage, die Bonaparte mir auf der Konferenz mit dem imaginären Rauch ins Gesicht geblasen hatte, die Frage: *Wozu?*, ist nichts anderes als die geheime Rückseite all dessen, was wir sonst, gleichsam offiziell im Leben taten, so wie die Kasino-Eintrittskarten der sichtbare Beweis dieser Rückseite sind.

In den Jahren, in denen wir Roulette gespielt haben, ging der Krieg im Irak zu Ende und fing einer in Afghanistan an, wurde Putin dreimal zum Präsidenten Russlands gewählt, erreichte der Euro sein Allzeittief gegenüber dem Dollar, berichteten die Nachrichten beinah täglich von Anschlägen in Bagdad, explodierten allerorten auf der Welt Sprengsätze, flogen Tag für Tag die Glieder von Menschen durch die Luft, brannten in Paris und London Autos und Geschäfte nieder, bevor der Rauch wieder aus der Berichterstattung verschwand, gab es zum ersten Mal 6,5 Milliarden Menschen auf der Welt, fuhren israelische Besatzungspanzer in den Süden Libanons hinein und in ihrer eigenen Spur wieder zurück, wanderten Hunderttausende Erschöpfter aus Afrikas verdorrtem Horn Richtung Süden, wurden Rotmilan, Turmfalke und Zaunkönig in Deutschland zum Vogel des Jahres gewählt, starben Baudrillard und Ingmar Bergman, Susan Sontag und Grace Paley, Michelangelo Antonioni, Ruth Werner und Marlon Brando, Wolfgang Hilbig und Philippe Noiret und Oscar Peterson.

Jede Epoche träumt ja nicht nur die nächste, habe ich vor Jahren einmal gelesen, sondern drängt träumend auf das Erwachen hin.

Wahrscheinlich ist es nichts weiter als Angst, wenn ich nicht nach Bonaparte suche. Angst, ihn zu finden und zu erkennen, sobald ich ihn gefunden hätte, dass die Zeit weitergeflossen ist, dass sie weiterfließt. Tatsächlich interessiert mich die Zukunft nicht. Sie ist mir schon immer ärmer vorgekommen als die Gegenwart, als verberge sich hinter dem Verstreichen von Zeit vor allem *ein* Gesetz, das des stetigen Verlusts. Die Menschen der Zukunft werden noch weniger Ahnung haben, warum sie existieren, ja sie verkörpern die Ratlosigkeit schlechthin. Was sie bei immer aberwitzigeren Erfindungen und Ausflüchten Zuflucht suchen lässt, natürlich vergebens ... Der wahre Grund für meine Abscheu aber ist der: Die Zukunft macht die Ewigkeit unmöglich. Die Ewigkeit, die ja nichts weiter ist als stehen gebliebene, unbeweglich gewordene Zeit – warum also sollte mich die Zukunft interessieren?

Möglicherweise bin ich deshalb nach Venedig gefahren, wenige Wochen nachdem Bonaparte abgereist war. Die meisten Menschen behaupten, sie liebten die Schönheit dieser Stadt, den morbiden Charme, ihre Kultur, die Geschichte. Für mich ist es der Ort, der mir am wenigsten Angst macht in der Welt. Alles Wesentliche ist schon passiert, das Ende des Zeitstrahls erreicht. Eine Stadt, in der sich nichts rührt. Daran ändert nicht einmal die Tatsache etwas, dass sie sinkt, oder, wie es gemeinhin heißt, eines Tages überflutet werden wird. Nein, bis zum Ende wird sich alles gleich bleiben dort. Romantische Hotels, Wasser und eine Vergangenheit, die einer Legende gleicht. Es ist, als würden die Häuser, Brücken und Kais einfach die Augen vor dem Sturm der Zeit verschließen. Vielleicht ist es tatsächlich nur eine Frage der Zeit, eine Frage des Durchhaltens. Irgendwann ist der Grund, der Anlass für die Existenz, vergessen, eine Erstarrung im schönsten Moment.

Während der Wintermonate wechselt das Kasino vom Lido in einen Palazzo in der Stadt. Die wenigen Gäste dort, fröstelnd unter den hohen Decken, schienen die trübe Saison lustlos zu verwarten. Die Croupiers langweilten sich; sie warfen die Jetons, anstatt sie mit dem Rechen zu schieben, und tauschten Spötteleien mit ihren Kollegen am Nachbartisch aus (an dem wegen des Mindesteinsatzes von zwanzig Euro auf einfache Chancen niemand spielte), manche pfiffen sogar vor sich hin. Unlustig, wie die Croupiers waren, sprang auch die Kugel herum – alles schien ihr egal zu sein. Ohne selbst zu setzen, saß ich am Tisch neben einem jungen Mann, der wieder und wieder seine Jetons durchzählte. Irgendwann verlor er die Geduld. Er holte sein Portemonnaie hervor. Mit sichtlich blanken Nerven nahm er neunhundert Euro heraus (er zählte die Scheine vor meinen Augen), schaute noch einmal, wie man zu einem Altar blickt, zur Anzeigetafel hin, legte das gesamte Geld auf Rot – und gewann. Vor Aufregung und Erschöpfung hochrot nahm er die tausendachthundert Euro mit zitternder Hand an sich, verstaute sie in einer Tasche seines Jacketts, holte aus der anderen ein Päckchen Zigaretten hervor, von denen er sich sofort eine in den Mund steckte und verließ den Saal.

Ich war dabei, ebenfalls zu gehen, als er mir, keine Viertelstunde später, entgegenkam. Von der Treppe aus warf ich noch einmal einen Blick durch die gläserne Schwingtür zurück: Fahrig und zugleich beseelt verteilte er die eben gewonnenen Jetons breit auf dem Tisch … Er würde versuchen, den Coup zu wiederholen. Da er auf Rot gewonnen hatte, würde er dabei bleiben. Wahrscheinlich würde er sich zusätzlich auf bestimmte Zahlen konzentrieren, die 5, die 18, die 23 vielleicht. Und gleich vier oder fünf Jetons auf jede Zahl. Wenn nur eine davon kam, würde er wirklich gehen können etc. etc. Diese Zuversicht, dieser kurze Moment davor, bevor es ihn wieder erfasst haben würde und er ohne Zuversicht weiterspielen könnte, ohne Eingebung, ohne Gefühl, nur spielen… All das spürte ich noch, als ich schon wieder an der nächtlichen Bootsanlegestelle saß und auf den Vaporetto wartete.

Es geht nicht ums Gewinnen, hat Bonaparte irgendwann einmal gesagt.

Plötzlich dachte ich, dass die ewige Gegenwart des Spiels vielleicht tatsächlich ein Fluch sei, dem man nicht mehr entkommt. Dass sie nichts anderes bedeutete, als allmählich alles zu verlernen, was einen in der wirklichen Zeit hielt. Die Formen des Lebens, das Interesse für seinen Sinn und seinen Unsinn, für seine Vergeblichkeit und kurzen Feuerwerke … Aber die Reisen, die Bücher, die gelegentlichen Besuche in Kunstausstellungen, die Radionachrichten – nichts davon war jemals so verbindlich gewesen, so von Dauer wie das Auf und Ab der Zahlen, das beständige Rauschen des Kessels.

Ich war nicht enttäuscht, dass der junge Mann zurückgekommen war. Er würde alles verlieren, und ich verstand ihn. Was hätte an diesem Abend an die Stelle dieser wiederkehrenden Erfahrung treten können? Nein, es war nicht Enttäuschung, sondern Traurigkeit. Eine massive, erschütternde Traurigkeit, darüber, dass ich allein hierhergekommen war, in diese Stadt, deren Schönheit nichts bedeutete, wenn man allein herkam, dass ich inzwischen überallhin konnte, aber nirgends zurück, darüber, dass ich tun und lassen konnte, was ich wollte, und dass die Wörter *Idiot* und *Menschenkind* im Grunde dasselbe meinten.

Es geht nicht ums Gewinnen. Der Satz hatte noch einen Nachtrag gehabt. Es geht darum, Verluste zu vermeiden.

Kurz nach meiner Rückkehr nach P. sprach mich auf der Rolltreppe des Kaufhauses ein junger Mann an. Er begrüßte mich mit meinem Namen, fragte, wie es mir gehe, und ob wir uns bald wiedersehen würden. Er war sehr charmant und schien mich gut zu kennen. Ich kannte ihn ebenfalls, seine Stimme vor allem, wusste aber nicht, woher. Verlegen rettete ich mich in Höflichkeitsfloskeln. Das Kaufhaus ist sehr groß, die Rolltreppe lang. Schließlich verabschiedete ich mich mit dem Versprechen, bald vorbeizuschauen – wo auch immer das sein würde. Erst Stunden später fiel mir ein, dass es der Junge vom Empfang der Spielbank war. Hätte er die Johannisbeerbäume erwähnt …

Der Gedanke, einem Spieler oder Croupier *draußen*, an einem profanen Ort wie einem Kaufhaus, zu begegnen, ist befremdlich. Und noch immer berührt mich der Umstand, dass es geschehen ist, peinlich, als hätte eine Art des stummen, unwürdigen Erkennens stattgefunden zwischen uns. Ein Moment der Nacktheit. Einmal hatte ich einen Croupier in Jeans und Sandwich essend über die Bahnhofsbrücke zur Arbeit schlendern sehen. Außerstande, danach jemals wieder an seine Kraft, ja an seine Person im Ganzen zu glauben, spielte ich nie mehr an seinem Tisch. Seine Aufmachung war mir unpassend, ja schlichtweg falsch erschienen, während der Anzug, den er bei der Arbeit trug, das einzig Annehmbare war. (Dass ich ihn überhaupt erkannt hatte an dem Tag, lag nur an seiner auffallend hohen Tolle, wegen der Bonaparte und ich ihn Hahn nannten.)

Über unsere Begegnung im Kaufhaus hat der höfliche junge Mann kein Wort verloren seither. Ich weiß, dass er es auch in Zukunft so halten wird. Seine Lippen wie *für alle Zeit versiegelt*. Nur ein stummes Nicken, als ich vor wenigen Tagen nachts am Kasino vorbeikam, wo er sich, als hätte er seit Langem auf mich gewartet dort, auf der unbeleuchteten Rückseite des Gebäudes plötzlich zwischen Fahrradständern und blauen Tonnen aufrichtete und mich grüßte. Wir lächelten uns zu, freundlich und seltsam wissend, jeder in seiner eigenen Nacht. Wie sich Menschen in Weltraumkapseln von Ferne grüßen, bevor sie auf unbestimmte Zeit wieder wegrauschen in die Dunkelheit.

Später, auf der Langen Brücke, unter der die Ausflugsdampfer im gefrorenen Fluss auf die Eisschmelze warteten, dachte ich: Wo ist meine Geschichte ohne Bonaparte? Und was wäre die Welt, wenn wir beide darin fehlen würden? Vielleicht war unsere Liebe nur der Rest von irgendwas. Zugegeben, ein wunderbarer, herrlicher Rest. Aber als klaffte zwischen der Welt und dieser Liebe eine Lücke. Ein Gedanke, über den sich nicht sprechen lässt, über den man nicht sprechen *darf*. Wie wir auch nie, niemals darüber sprechen dürfen, dass sie vielleicht genau wie das Spiel bloß ein Ersatz ist. Dass sie nicht die Gegenmacht ist, sie nicht gegen die Zeit geschieht, sondern vielmehr deren Logik entspringt. Dass es also keine Liebe außerhalb der Zeit geben kann. Keine, die klein, wenn die Zeit selbst groß ist. Und umgekehrt.

In der Stadt ist es still. Ich liege reglos, ich warte, bis der nächste Zug vorbeigerauscht kommt. Er rauscht vorbei. Berlin – Dessau. Ich denke an Bonaparte. Vermutlich ist er in einem Kasino. Die Hände in den Hosentaschen, geht er zwischen den Tischen herum. Wenn er allein ist, trinkt er nicht. Oder er ist in einem Zimmer, mit jemandem, der Schlangenlederstiefel trägt. Überall auf der Welt gibt es

Frauen, die Schlangenlederwesten tragen, Wäsche aus Schlangenleder. Wahrscheinlicher aber ist die Spielbank, so wie ich hingehe, in Gedenken an ihn. Die Gesichter der Stammgäste: mit den Jahren welker, abgekämpfter, die Augen kleiner. Wenn mich ihr Anblick auch nicht mehr begeistert, so hat ein Besuch dort doch jedes Mal etwas Tröstliches. Dass sie weitermachen wie bisher, dass sie sich wie auf festgelegten Bahnen um die Tische bewegen, herankommen, sich wieder entfernen, zumeist stumm und selig, ihre Furchtlosigkeit, ihre Schwermut – all das wirkt beruhigend. Es hat etwas vom Gleichmaß, von der Routine des Alls.

Ich erinnere mich, vor langer Zeit gedacht zu haben, sie hätten vielleicht eine Ahnung davon, dass es kein Schicksal mehr gibt. Und dass sie aus diesem Grund jeden Abend wieder hierherkommen. Vielleicht lässt sich nur noch am Spieltisch, gleichsam von Ferne, dem Wirken dieser verschwundenen Macht nachspüren. Der heilige Ernst, mit dem sie still und feierlich in den Kessel blicken wie in eine Orakelschale. Die traurig-schönen Stammgastgestalten wissen, dass Überschuldung, eine verhasste Arbeit, eine unglückselige Liebe, dass *ihr Leben* kein Schicksal ist. Dass sie in Wirklichkeit frei sind. Dass die Schuld im Moment des Versagens also nur sie selbst trifft.

Sie wissen es insgeheim.

Ich hatte immer die Vorstellung, der Zustand des Irreseins läge sehr dicht, sozusagen gleich nebenan, und dass der Übergang dorthin eines Tages nicht gemächlich, nicht nach und nach geschähe, sondern abrupt. Die Geschwindigkeit wird dieselbe sein, mit der in Actionfilmen ein Mensch bei einer Prügelei durch die papierne Wand eines japanischen Hauses ins Nachbarzimmer fliegt. Ratsch. So lange diese Wand noch unversehrt, man selbst noch auf der anderen Seite ist, ist da ein Licht. Ja, durch diese dünne, hauchzarte Papierwand schimmert es beständig herüber. Es lockt, dieses Licht, und man muss sich ermahnen, nicht immerfort hinzuschauen. Vielleicht sind es nur drei Dinge, die den Zeitpunkt, da man mit Karacho auf der anderen Seite landet, hinauszögern können: Lieben, Spielen, Schreiben (in dieser Reihenfolge?).

Wie andere sich das letzte Wort, die letzte Geste des Geliebten vor seinem Weggang ins Gedächtnis zu rufen versuchen, versuche ich mich an unser letztes Spiel zu erinnern. Bonaparte hatte seine sämtlichen Jetons auf einmal gelegt, an diesem Abend vor fünf oder hundert Monaten. Wir hatten auf ein Nullspiel gewartet, waren aber in keine Serie hineingekommen. Nachdem sein Einsatz verloren war, hatte er schulterzuckend mir das Feld überlassen. Ich hatte ein paarmal gewonnen, aber nicht mehr als unsere Ausgangssumme. Wie um beweisen zu wollen, dass er an diesem Abend machen konnte, was er wollte, tauschte Bonaparte noch einmal Geld, hundert, vielleicht zweihundert Euro, das er tatsächlich und wie vorhergesagt verlor (sein triumphierendes Siegerlächeln, selbst angesichts des Verlusts, einfach, weil er mit seiner Prophezeiung recht behalten hatte). Wir waren nach draußen gegangen, zur Dampferanlegestelle, wo wir in einem Restaurant-Schiff etwas getrunken hatten. Ohne dass wir darüber sprachen, wussten wir, dass wir noch einmal zurückgehen würden. Bei diesem zweiten Anlauf bekamen wir ein Nullspiel. Zuerst die 32 an einem, dann die 26 an einem anderen Tisch. Ich gab den letzten meiner Zehner-Jetons Bonaparte für die Zero. Er legte ihn auf die 35. Ich einen Zwanziger auf die ersten Vier. Es war die Zero gekommen. Bonaparte war der Meinung gewesen, mehr sei nicht zu holen, aber ich hatte den Einsatz auf den ersten Vier liegen gelassen, es fiel die 3. Zumindest glaube ich, dass es so gewesen ist, es kann aber auch ein bestimmter Abend davor gewesen sein, jeder andere Abend, an dem Bonaparte noch hier war und wir gewonnen haben. Woran ich mich aber genau erinnere, ist seine schön geschwungene Adlernase, sein leises Lächeln, mit dem er die gewonnenen Geldscheine später aufteilte zwischen uns, draußen, im Schein der Laternen, und daran, dass wir vergessen hatten, unser Bier zu bezahlen, und dass Bonaparte gesagt hatte: Begleichen wir beim nächsten Mal. Ja, genau so hatte er es formuliert, beim nächsten Mal.

Keiner fällt heute mehr aus der Welt. Habe ich das gesagt oder Bonaparte?

Er befindet sich höchstens auf der anderen Seite der Erdkugel.

Bonaparte ist an der *Westküste*. Auf der Seite einer kalifornischen Universität findet sich tatsächlich sein Foto, unter dem Link *Associate Professors*. Offenbar hat seine Arbeit dort etwas mit dem *Late Modern Europe* zu tun. Dinge, die sich leicht herausfinden lassen, natürlich. Wenn es auf sie denn ankäme.

Bonaparte selbst jedenfalls hat sie verschwiegen oder so gut wie, als er in einer kurzen Nachricht an mich schrieb, er habe einen *Abstecher* nach Las Vegas gemacht. Dass zwischen der Stadt, in der sich die Universität befindet, und Las Vegas eine Entfernung von mindestens tausend Kilometern liegt, lässt sich auf einer Karte auf den ersten Blick feststellen. Auch wenn man meinen könnte, das alles, dass er seinen eigentlichen Aufenthaltsort verschwiegen und stattdessen Las Vegas erwähnt hat, sei eine Art Rätselaufgabe für mich –, ich glaube nicht, dass es ihm darum ging, mich über Andeutungen wissen zu lassen, an welcher Universität er sich aufhielt. Bei seiner Nachricht handelt es sich um nichts anderes als um eine Liebesbotschaft. Was sonst sollte ich ausgerechnet mit der Erwähnung *dieses* Ortes anfangen?

Ob er beim Roulette gewonnen oder verloren hat, weiß ich nicht. Wovon er schreibt, sind die Fontänen vorm Bellagio, dem berühmtesten Hotel der Stadt. Zu jeder Stunde, sogar nachts, würden dort fünftausend Fontänen eine Art Tanz aufführen, eine Choreografie aus Wassersäulen, springenden Quellen und Sprudeln. Bei Tage verwandeln die in die Hitze aufschießenden Wassermassen den Platz in eine Dunstwolkenzone aus Milliarden sprühender Tröpfchen. Laut Bonaparte eine Armee der Schönheit, Anmut und Vollkommenheit! Die man gesehen haben muss! Für Bonaparte sind zwei Ausrufezeichen sehr viel. Sie könnten so viel bedeuten wie: Komm her, und sieh es dir selbst an.

Auch wenn er davon nichts geschrieben hat.

Da diese seltsame Distanz zu unserer Liebe zu gehören scheint, schrieb ich genauso kurz zurück. Die Bäume vorm Kasino seien nicht Johannisbeerbäume. Es handele sich um Rotdorn. Rotdorn. Ob er sich erinnere? Ein Fragezeichen, kein Punkt, damit es weiterginge.

Der Wahnsinn eines Spielers rührt nicht vom Spiel her, im Gegenteil, das Spiel ist das letzte dünne Netz, das zwischen ihm und dem Boden, der Welt, gespannt ist. Es ist seine Rettung, bis zuletzt. Habe ich das gesagt oder Bonaparte? Es kann auch sein, dass die Behauptung aus irgendeinem Film stammt. Dass alle Sätze übers Roulette in Wirklichkeit hinfällig sind und es müßig ist, weiter darüber nachzudenken. Über die Regeln, Vorsätze, alles, was in Bezug aufs Spiel Gültigkeit gehabt zu haben scheint für mich und Bonaparte. Wie sonst ist zu erklären, dass ich entgegen aller Gewohnheit (jegliche Vernunft) kurz nach seiner Nachricht zur Bank gegangen bin und so gut wie mein gesamtes Konto leer geräumt habe, eine Summe, die ohne Weiteres gereicht hätte für zehn oder zwölf Atlantiküberquerungen (wenn mir die Idee eines Rückflugs oder einer Rückfahrt auch seltsam abwegig erscheint) und vermutlich darüber hinaus, um mit Bonaparte für einige Zeit in der Wüste zu bleiben. Was habe ich mir eingebildet, als ich das Geld noch am selben Abend ins Kasino trug und seelenruhig, wie es mir jetzt vorkommt, in Fünfziger- und Hunderter-Jetons umtauschte? Der erstaunte Blick der Frau am Kassenschalter und gleich darauf das Zeichen, das sie – unauffällig, wie sie dachte – den Croupiers und dem Saalchef machte. Ausgerechnet hier, wo man mich kennt, wo man seit fast siebenhundert Besuchen weiß, wie und mit welchen Einsätzen ich spiele, das heißt, wer ich bin. Dachte ich tatsächlich, ich könnte bei einer derart gespannten Beobachtung, die sofort einsetzte, als ich mich den Tischen näherte, gewinnen? Ich weiß es nicht. Dass mir die gierigen Blicke egal waren, war vielleicht bereits ein schlechtes Omen. Vielleicht aber auch nicht, denn ich bin mir nicht sicher, ob ich überhaupt gewinnen wollte. Jeder, der in seinem Leben auch nur einen einzigen Jeton gesetzt hat, weiß, man kann sich nicht vornehmen zu gewinnen. Seltsamerweise aber gilt auch das Gegenteil dieser Binsenweisheit: Es ist genauso unmöglich, besonders schlecht spielen zu wollen. Aber ich habe an diesem Abend nicht in Merksätzen gedacht, nicht in Bonaparte-Parolen. Es mag absurd klingen, aber im Nachhinein glaube ich, ich wollte etwas Spektakuläres tun, egal in welche Richtung der Zeiger ausschlagen würde. Irgendetwas, das das Gegenteil des Kläglichen war. Das ich Bonaparte berichten könnte, das ihn stutzen und mich schließlich so ansehen lassen würde, wie man nur einen einzigen Menschen im Leben ansehen kann.

Womöglich hat meine Entscheidung auch mit dem Paar zu tun gehabt, das ich am Vormittag an der Straßenbahnhaltestelle gesehen hatte. Ganz offensichtlich erstverliebt, saßen das Mädchen und der Junge verschlungen auf einer der dort angeschraubten Metallbänke. Sie küssten sich nicht, hielten bloß die Stirnen gegeneinandergepresst, wie um den Moment des Küssens endlos hinauszuzögern, der sie verrückt werden lassen würde. Bahn für Bahn fuhr ab, ohne sie. Und ohne mich, die ich nicht anders konnte, als hinzustarren, auf dieses Denkmal der Liebe. Um mich abzulenken, versuchte ich mir einzureden, dass Jugendlieben für gewöhnlich nicht von Dauer sind. Daran und an die Lächerlichkeit ihrer Darbietung. Es half nichts. Das Paar war schön. Es musste also Eifersucht sein, Eifersucht oder Neid, was mich so starren ließ. Schließlich merkte ich, dass es nicht irgendeine Empfindung war, die der Anblick der beiden in mir auslöste, nein, ich *erinnerte* mich.

Ich erinnerte mich an die Liebe, die Liebe zwischen Bonaparte und mir. Was nur bedeuten konnte, dass Bonaparte schon sehr lange fort war. Vielleicht hätte jemand anders in meiner Situation zu Beschwörungen und Beteuerungen gegriffen, zum Telefon, zum Computer, und vielleicht gab es Menschen, Paare, bei denen das half – ich ging zur Bank, dann ins Kasino.

Es dauerte nicht länger als eineinhalb Stunden.

Ich legte vollkommen wahllos, ohne Berechnungen, ohne abzuwägen. Keine Einflüsterungen von Bonaparte. Wenn ich gewann, zählte ich nicht nach. Ich erinnere mich, dass ich anfangs auf der

Zero gewann, auch auf der 17. Die Bank schickte keinen Cooler. Vielleicht erkannten sie, in welcher Lage ich mich befand, dass ich die Gewinne nicht einsteckte, sondern sofort wieder ausstreute. Jedenfalls ließen sie mich nach anfänglicher Nervosität in Ruhe. Was heißt: in Ruhe verlieren. Meine Entschlossenheit muss seltsam auf die umstehenden Gäste gewirkt haben, nach einer Weile wandten sie sich ab von dem Tisch, und ich spielte allein weiter. Vielleicht begriffen sie, dass es um ein Experiment ging, um etwas anderes also als ihnen.

Als ich ging, bedankte ich mich. Für den Moment war ich weder schockiert noch erheitert. Mir war, als hätte ich *eine Aufgabe erledigt*.

Leicht schwindelig legte ich mich zu Hause ins Bett. Ich entsinne mich, dass ich im Liegen noch etwas aufschreiben wollte. Aber da ist nur ein langer Kugelschreiberstrich, der quer über das Blatt und in den Teppich hineinläuft.

Als ich aufwachte, hatte Bonaparte keine neue Nachricht geschickt.

Das Warten hat nicht zwangsläufig etwas damit zu tun, dass man an einem Ort ausharrt. Vielleicht liegt darin die Neuartigkeit, das Paradox der sonderbaren Zeit, in der ich lebe, dass Warten und Bewegung zusammengehören können. Dass es mit einem kommt. Eine Art unsichtbarer, ständiger Begleiter. Ja, ich glaube, seitdem ich Bonaparte liebe, weiß ich, dass das Warten einen bewohnen kann, und dass alle Dinge, die ich tue, selbst die raschen und ungestümen, bloß Färbungen dieses Wartens sind. Es ist also sehr wahrscheinlich, dass ich es mitnehme, selbst wenn ich ihm hinterherreise, selbst wenn ich mich aufmache zu ihm, dass es bei mir bleiben wird wie ein stummer alter Hund. (Was hieße, wir waren immer schon zu dritt.)

Ich weiß es, ja.

Genauso wie ich weiß, dass sich die Fenster der großen Hotels in Las Vegas aus Sicherheitsgründen nicht öffnen lassen, aber seit Bonapartes Nachricht liege ich in meinen Träumen oft auf dem Bett unter dem geöffneten Fenster seines Zimmers im Bellagio. Der Wind aus der Wüste streicht an den glatt polierten Häuserwänden entlang, ein falsches Rauschen, das in meiner Vorstellung bereits das Rauschen des Pazifiks ist. Und jedes Mal ist dieses Zimmer der letzte Ort auf der Welt.

Es hat mal einen Spieler namens Puch gegeben, einen Buchmacher aus Wien, vor dem sich die Kasinos in Europa fürchteten. Was sie nicht wussten: er sich auch vor ihnen. Eine Geschichte, die sechzig oder siebzig Jahre zurücklag und über die ich gelacht habe, als Bonaparte sie mir erzählte. Obwohl Puch jahrelang gewann, in Travemünde, Kiel, Hamburg, regte ihn die Atmosphäre in den

Spielsälen zunehmend auf. Das Roulette, so Puch laut Bonaparte, sei eine Macht, die das Denken vernebele. Zu nervös, um selbst am Spieltisch zu stehen, drückte er seiner Freundin jeden Tag um die Mittagszeit einen Zettel in die Hand, auf dem die Zahlen standen, die sie für ihn spielen sollte. Anfangs ging er zur Ablenkung noch ins Kino, später immer öfter sofort zurück ins Hotel. In seinem Zimmer öffnete er selbst bei niedrigen Temperaturen das Fenster und legte sich aufs Bett. In diesen Stunden, in denen er Abstand halten, in denen er sich entfernen wollte von der Welt des Roulettes und in denen er doch an nichts anderes denken konnte, fiel er in einen verzweifelten Dämmerzustand, der von der Kälte draußen herrührte, noch öfter aber damit zu tun hatte, dass er nicht wusste, worauf all das hinauslaufen sollte. Ein paar Scheine neben sich auf dem Bett, achtlos hingeworfen, *abgeworfen* wie etwas Lästiges, versuchte er an die Zukunft zu denken, an etwas, das das GANZ ANDERE wäre, etwas noch Unvorstellbares, spürte aber, dass die Möglichkeit dazu verloren war – und fiel in seine gewohnte Starre, in der er auf das verabredete Klopfzeichen seiner Freundin wartete.

Der Wind, der die Vorhänge sich bauschen lässt, ins Zimmer hinein … Ich höre ihn im Schlaf. Ein Schlaf, bei dem man mit geöffneten Augen starren muss, dorthin, woher der Wind kommt, ein Geräusch, in das sich, je länger man starrt und lauscht, nach einer Weile tatsächlich ein Klopfen mischt.

Als Kind hatte ich die Vorstellung, mein späteres Leben erfülle sich im Kampf für den Weltfrieden (oder irgendeine andere große Sache). Mit zwanzig dachte ich, es würde in dem Moment beginnen, in dem man zu den sogenannten kritischen Geistern gehört. Jetzt, da ich angekommen bin in jenem undurchdringlichen *Später*, das meine Gegenwart darstellt, scheint es mir, dass das Leben mehr und mehr dem Dasein in solch einem Hotelzimmer gleicht, einem Raum, in dem man auf dem Bett unter einem geöffneten Fenster liegt. Dass es eine Art erschöpfte, auf jeden Fall übrig gebliebene Leidenschaft ist, die das Warten ausfüllt. Das Warten, das den geheimen Kern dieses Lebens bildet und dessen Takt jenes beständige, gleichmäßige Klopfen draußen an der Tür ist.